KEITAI
SHOUSETSU
BUNKO
SINCE 2009

イケメン生徒会長の
甘くて危険な溺愛

町野ゆき

JN019374

● STARTS
スターツ出版株式会社

イラスト／覗あおひ

プラチナブロンドの髪をもつ生徒会長は、
爽やかハイスペックな、リアル王子様。

できれば一生、関わりたくないと思ってた。
それなのに。

「会長命令だ。俺の女になれ」

ある日突然、どうして私が目をつけられた？
リアル王子様の正体は、どうやらとっても俺様で……。

「自分が誰のもんか、よーく考えて行動しろ？」
束縛されたり、迫られたり。

「見えねー状態でかわいいことになってんじゃねーよ」
甘やかされたり、抱きしめられたり。

平和な恋と日常を求める美少女と、
ハイスペック王子・正体俺様の生徒会長。

「お前を遠くまで奪いたい」

溺愛加速系学園ラブストーリー、ここに開幕。

イケメン生徒会長の

甘くて危険な溺愛

人物紹介 ♥

神崎 透（かんざき とおる）

イケメン御曹司で有名な学園のリアル王子様（ファンクラブあり）。溺愛したり束縛したりと、俺様で超マイペースな生徒会長。

桜田 未来（さくらだ みく）

自分の顔がコンプレックスな普通の高校生。純粋で、根がまじめ。できるだけ目立たないように毎日を過ごしていたけど…。

倉本 響子
くらもと きょうこ

怖いくらいな美人だけど、優しくて世話焼きなお姉さんキャラ。未来の幼馴染で気持ちをわかってくれる親友。

森川 裕太
もりかわ ゆうた

おおらかで鈍感な野球部男子。未来の中学のころからの唯一の男友達で、クラスメイトでイツメン。

蒼井 宗介
あおい そうすけ

冷静沈着で仕事のできるキレ者副会長。冷たそうに見えて、困ったときは助けてくれる優しい一面も。

山中 流奈
やまなか るな

明るく無邪気でにくめない、生徒会会計。副会長の彼女と噂されていたけど、じつはただの幼馴染。

☆ contents

会長のお帰りです

会長は、特別です

番外編

☆
☆
☆
☆

会長のご指名です

非日常のはじまりはじまり

　4月。

　新しいクラス。新しい担任。新しい学年。

　裏庭の桜もほとんど満開で、風に揺れる淡いピンク色が
きれい。

　ぴかぴかの新入生でもなく、高校生活最後の3年生でも
ない高校2年生の春。

　私の前には、いつもどおりの日常と、いつもどおりの出
来事がある。

　人気のない裏庭で私は、名前も学年も知らない男子と向
き合っていた。

　短髪を上手にセットした爽やかな彼は、さっきからずっ
と黙りこくっている。

　私は彼にばれないよう、裏庭の時計をちらりと盗み見た。

　うわぁ、もうこんな時間……。

　あと数分でチャイムが鳴って、始業式がはじまってしま
う。

　全校生徒は今頃、体育館できれいな隊列を組んでいるだ
ろう。

　もう絶対間に合わないや。

　きょうちゃんも森川も、心配してるだろうな……。

　そんなことをぼんやり考えていると、ようやく目の前の
彼が口を開いた。

「……俺、3年の横山光輝って言うんだけど」

　3年の……横山光輝。

　どこかで聞いたことのあるような、ないような名前。

　あとできょうちゃんと森川に聞いてみよう、と思いながら頷く。

　後ろ髪を掻きながら俯いた横山先輩は、思い切ったように言った。

「俺、ずっと桜田さんのこと、好きで」

「……はい」

「よかったら俺と、付き合ってくれない？」

　聞き慣れた展開に、聞き慣れた台詞だった。

　そして私は、言い慣れた台詞を言う。

「横山先輩は……私のどこが好きなんですか？」

　少しはにかんで、横山先輩は答えた。

「すごいかわいいのに、なんかクールな感じがいいなって」

　私は小さく頷いて、それから横山先輩を見つめる。

　……他には？という、祈るような気持ちで。

　意図を汲んでくれたのか、横山先輩はあわててなにか言おうとする。

　言おうとするけど、そう。

　たいていの人はもうここで、次の言葉が出てこない。

　少しでも期待した自分に、自嘲がこぼれてしまう。

「ごめんなさい」

　私はゆっくりと深く、頭を下げて言った。

　この瞬間は、いつも泣きたくなる。

「……だめってこと？」

　縋るような横山先輩の声に、頭を上げて一度だけ頷く。

「はい。本当にごめんなさい」

「どうしてもだめかな」

「はい。……私、横山先輩のこと、ぜんぜん知らないですし」

「これから知っていけばいい」

　そう言ってくれる横山先輩に、ゆるゆると首をふった。

「私よりかわいい女の子は、たくさんいます」

「そんなことない。うちの学校では、桜田さんが一番だっ
てみんな言ってる」

「ぜんぜん。……ぜんぜんそんなこと、ないです」

「桜田さんはかわいいよ。自信持ってよ」

　説得するように横山先輩が言う。

　説得されなくたって、本当はわかっていた。

　横山先輩の言うとおり、私はある程度はかわいい。

　父方のおばあちゃんがフランス人で、外国の血が入って
いるからかもしれない。

　単純に、お母さんの美人を受け継いだだけかもしれない。

　でも、そういうことじゃなくって。

　そういうことじゃなくって、私はぜんぜん、かわいらし
い女の子なんかじゃないから。

　もう一度首を横にふると、両肩をきつく掴まれた。

「どうしてもだめ？」

　さわらないでほしい、と内心で思ってしまう。

　早く解放してほしい。

　本当にかわいい女の子は、せっかく好きだと言ってくれた人に対して、こんなひどいことを思ったりしない。

「本当にごめんなさい」

　目を伏せて言うと、横山先輩は私から離れ、肩を落とす。

　ちょうどその時、チャイムが鳴った。

　私は横山先輩に一礼し、踵を返す。

　……あーあ。始業式、やっぱり間に合わなかったなぁ。

　そんなことをぼんやり考えながら、気だるい春の陽気の中を、体育館に向かって歩きだす。

　そういう、日常。

　体育館の入り口から、そっと中を覗く。

　始業式は当然、もうはじまってしまっていた。

　生活指導の先生の話の真っ只中。

　壁際に立っていた担任が、ドアの向こうでこそこそしている私に気づき、険しい顔で２年Ｃ組の列を指さした。

「ありがとうございます……」

　口だけを動かして頭を下げ、背をかがめてＣ組の列まで走る。

　列の最後尾には、きょうちゃんと森川が並んで立っていた。

　きっと心配して、一番後ろに並んでくれてたんだな。

　優しいふたりにほろりとしながら、私はそっとその後ろに立った。

「未来！」

　振り返ったきょうちゃんが、私に気づいて目を丸くする。

　倉本響子。

　ワンレングスの黒いボブヘアーに、切れ長のきれいな目。

　一見きつい印象を持たれがちだけど、実際は面倒見がよくて優しい、私の大切な幼馴染み。

「遅いから心配しただろ」

　きょうちゃんの隣にいた森川も、振り返って小声で言った。

　がっしりした体格に、さっぱりとした短髪の野球部員。

　森川裕太。

　森川とは中学からの仲で、私の唯一の男友達である。

　どっしりとおおらかな性格の、お父さん的な存在だ。

「なんか長引いちゃって……」

　ため息をついて言うと、きょうちゃんが顔をしかめた。

「誰だったの？　呼び出し」

「３年の、横山先輩っていう人」

「え、横山先輩って横山光輝？　サッカー部の？」

　森川が目を丸くして聞くので、私は頷いた。

「森川やっぱり知ってる？　私もどっかで見たことある気、したんだけど……」

「いやいや、横山先輩だったら私でも知ってるから」

「え、きょうちゃんも知ってるの？」

「サッカー部の部長。エースなんでしょ？　しょっちゅう地域新聞に取り上げられてるよね」

　うん。と森川が大きく頷く。

「たぶん、運動部内では女子からも一番人気だよ。横山先輩のこと知らないのなんて、未来くらいだな」

「すみません……」

　だって私、帰宅部だし。

　３年生との関わりもないしな……。

「それにしても未来、ついに横山先輩にまで告られちゃったか」

　きょうちゃんが短くため息をついて、私を心配そうに見た。

「どうせまた断ったんでしょ？」

「うん……」

　だって、横山先輩が好きなのは私の顔だ。

　やれやれ、というふうに首を横にふって森川が言う。

「未来の気持ちもわかるけどさ。横山先輩ふったなんて、他の女が知ったら発狂するぞ」

「こわいよね……」

　きょうちゃんがあいづちを打った時、頭に軽い衝撃が走った。

「痛……っ」

　頭を押さえて振り返ると、担任の先生がバインダーをふりあげて、さっきよりもさらに険しい顔で私たちを見ていた。

　私だけじゃなく、きょうちゃんも森川も頭を押さえている。

「３人とも、静かに！」

　小声ですごまれた私たちは、目配せをして前を向いた。

　周囲からくすくすと笑い声が聞こえる。

　確かに、3人そろって頭を押さえている状況はちょっとおかしい。

　きょうちゃんも森川も、笑いをこらえきれずに肩を揺らしているので、私もくすりと笑ってしまった。

　平凡な日常。普通の毎日。

　きょうちゃんと森川、気を許せる大好きな友達がいて、学校が楽しい。

　私にとっては、これがなにより大切なことだ。

　朝から沈んでしまった気分が、ふたりのおかげで少し晴れた。

　気を取り直して、前方のステージを見る。

「では次は、生徒会からの挨拶とお知らせです」

　進行役の先生がマイクに向かってそう言った途端、体育館はざわざわと騒がしくなった。

　そこかしこで女子生徒が、耳打ちをしたり口を押さえたり。

　中にはスマホを構えて、写真を撮ろうとスタンバイする人までいる。

　ステージの脇から3人の男女が出てくると、体育館のざわめきは最高潮に達した。

「今日の会長も最高なんですけど……！」

「まぶしい、まぶしすぎる……」

「3年になっても素敵……」

「私ファンクラブ入ろうかな、なんかもう好きすぎて抗え<ruby>抗<rt>あらが</rt></ruby>え
ない」

「ごめん、私こないだ入った……」

「マジ王子」

　色んな方向から、色んな女子生徒の話し声が聞こえてく
る。

　彼女たちの視線は、ステージ上の3人の中でもひときわ
目立つ、プラチナブロンドの髪の男に注がれていた。

　……はじまったな、と思う。

　きょうちゃんが両耳に指を突っ込んでいるのが、おもし
ろくて笑ってしまう。

　さっきまで私たちにすごんでいた担任の先生やその他の
先生は、この恒例行事に関してはもうあきらめモードで、
どれだけ体育館が騒がしくなっても誰も怒らない。

　先生も全校生徒も当の生徒会の人たちも、慣れっこに
なっている。

　それに、この騒ぎもあと少しで簡単におさまる。

　プラチナブロンドの髪の男、そう、我が校の生徒会長が、
ゆっくりとステージを歩き。

　中央の講演台に立てば。

　さっきまでのざわめきや黄色い声が嘘のように、体育館
は完全な静寂に包まれた。

　あちこちで騒いでいた女子生徒たちは全員、息を呑んで<ruby>呑<rt>の</rt></ruby>ん
ステージを見つめている。

　会長の御声を聞こうと、全神経を集中させているんだろ

う。

　……あいかわらず、すごいなぁ。

　私にとってはどこまでも他人事なので、ぼんやりそんな
ことを考える。

「新入生の皆さん、入学おめでとうございます。昨年から
海西高校の生徒会長をしています、神崎透です」

　マイクを通して聞こえるのは、どこか艶のある低い声。

　瞬間、さざ波のように黄色い声が寄せて、すぐに次の言
葉を待つために引いていく。

　もはや、阿吽の呼吸。

　ここってアリーナかなんかだっけ？

「新入生も入学して、校舎の桜も満開の春です」

　それにしても、確かにきれいな人だと思う。

　すらっと高い背に、光を通して輝く髪。

　女の子みたいにきれいな肌と、薄く形の整った唇。

　くっきりとした二重にかかる、長いまつげ。

　見た人すべてに"儚げ"というワードを思い起こさせる、
常人離れしたイケメンだ。

「校庭の桜、見ましたか？」

　両手を講演台についた生徒会長は、おだやかな表情で体
育館を見渡して聞いた。

　キャーッと歓声が溢れて、またすぐに静かになる。

　それを待っていたように、彼は淀みなく話しはじめる。

「僕は桜が好きです。咲く前も、咲いている時も、散る時
もきれいです。まるで一度きりの高校生活みたいだな、と

思います。……日本で最初に校庭の桜の木を植えた人は、天才ですね」

くすり、笑って会長が言うと、体育館は至福のため息で満たされた。

そこからはもう、女子生徒はもちろん男子生徒、先生たちまで全員、彼の言葉にうっとり耳を傾けるだけ。

完全に、この空間をコントロールしている。

美しい外見だけじゃない、圧倒的なカリスマ性を持つ人。

県内ナンバーワン偏差値のこの高校を、成績トップで入学した秀才。

あまりの支持率から、2年生の時に生徒会長に抜擢されたらしい。

噂によれば、どこかの大企業の御曹司。

彼の立ち姿からにじみ出る、どこか上品で優雅な雰囲気は、その噂の信憑性を高めている。

選ばれた人ってすごいな、と思う。

色んな人に選ばれて、望まれて、ステージに立つ特別な人。

だけど羨望の気持ちはわいてこない。

私には一生、関係のない人だ。

平凡で普通な日々、それがなにより大切な私にとっては、最も縁遠い人かもしれない。

「高校生活には、一瞬限りの輝きがあります。長いようで短い、一瞬の3年間です。あなただけの輝きを大切にしましょう。1年生はとにかく頑張ってみよう。2年生はとに

かく楽しんでほしい。3年生は、決して悔いのないように。
我々生徒会は、全校生徒を全力で応援します。……挨拶、
終わります」

　会長がマイクの前で一礼した瞬間、体育館は割れんばか
りの拍手で満たされた。

　先生たちも、満足げな顔で拍手を送っている。
「さすがリアル王子様、だね」

　きょうちゃんが拍手をしながら呟いた。

　私も、うんうん、と感心して頷く。

　生徒会長は講演台から去り、そばで並んでいた生徒会メ
ンバーに加わって立つ。

　入れ替わるように、眼鏡をかけた黒髪の男が講演台に
立った。

　銀の細いフレーム眼鏡、その向こうの瞳は涼しい。

　会長就任時に同時就任した、生徒会の副会長だ。
「最後に生徒会からの連絡事項を数点お伝えします」

　会長とは打って変わった事務的な話口調で、片手の用紙
を眺めながら話しはじめる。

　端整な顔つきで、いついかなる時も冷静沈着な副会長は、
会長までとはいかないものの支持率が高い。

　"副会長派"の一部の女子生徒がいるのも事実。

　高校生とは思えないその安定感で、先生たちからも絶大
な信頼を得ているらしい。
「副会長って、会長の幼馴染みらしいよ」

　近くでこそこそと話す、女子生徒の声が聞こえた。

「えっそうなの、萌える」

「カリスマ王子な生徒会長の、理解者で右腕。ずばり副会長って感じだよね」

「かっこいい。付き合いたい」

「だめだめ。ほら、あそこに立ってる背の低い、ツインテールの。生徒会会計？の３年の女の人。あの人もふたりと幼馴染みで、副会長の彼女なんだって」

　話し声を聞きながら、ステージ上の副会長と会計係の女の人を見る。

　小柄な体に勝気な瞳。

　アイドルグループにいそうな可憐な雰囲気で、黒髪ロングのツインテールがよく似合っている。

　硬派な副会長とは真逆の印象だけど、確かにお似合いかもしれない。

　……幼馴染みとの恋愛、か。

　お互いのいいところも悪いところも、よく知ったうえで好きになって、恋人同士になったんだろうな。

　それはちょっとだけ、羨ましい。

　さっき断ったばかりの告白を思い出して、またため息をついてしまう。

　見た目だけじゃなく、私の中身も好きになってほしい。

　そう願ってしまうのは、贅沢だろうか。

　ずっと続く想いなんてないことを、私は知っている。

　壊れない恋愛なんてない。

　わかっているけど、でも。

　外見にとらわれず心を愛し合える、そういう人と出会え
たら、もしかしたら。

　そんな淡い期待を抱いてしまう。

　……私には無理なのかな。

　ネガティブになってすぐ、首をぶんぶん横にふった。

　いやいや、そんなことない!

　まだ希望は捨てちゃいけない!!

　必死に自分を鼓舞して、俯いた顔を上げると。

　なぜかきょうちゃんが目を丸くして、私を振り返ってい
た。

「……未来、あんたなにしたの」

　いつになく真剣なきょうちゃんの顔に、え?と首をかし
げる。

「なにってなにが……」

　そう聞いた時、ふと、周囲からの視線を感じた。

　ステージに向けられていたはずの生徒の視線が、ちらほ
らと私のほうに集まっている。

　とりわけ女子生徒たちは、私をにらむように見つめてこ
そこそ、なにかを話していた。

　……なに?　なにがあったの?

「えー、最後のお知らせに関して繰り返します」

　ステージ上の副会長が、咳払いして言う。

　しまった。ぜんぜん話、聞いてなかった。

　なにか怒られたのかな、私。

　怒られるようなこと、してないはずだけど……。

「２年Ｃ組、桜田未来さん。会長から話がありますので、始業式後、生徒会室まで来てください」

　……ん？

　ぽかん、と口を開けてしまう。

「生徒会からは以上です」

　……んん？

　副会長が言うと、生徒会のメンバーは何事もなかったかのようにステージ裏へと消えた。

　さっきとは違う種類のざわめきが、体育館に広がる。

「誰、桜田未来って……」

「２年……？　名前、聞いたことないんだけど」

「俺わかるよ。ほら、あそこ。あの子」

「あー知ってる、めちゃかわいい２年だろ」

「……で、なにその子、会長となんかあんの？」

　各方面から声が聞こえて全校生徒の視線が私へ集中していくのがわかる。

「どうなってんだ？　未来」

　森川が顔をしかめて、私を振り返るので、

「……きょうちゃん、森川」

　私はぼうぜんとしたまま、ふたりの名前を呼んだ。

「２年Ｃ組に桜田未来なんて、いたっけ？」

「「お前だよ」」

　ふたりに同時に突っ込まれて頷く。

　そう、だよね。

「……あんた会長と知り合いだったの？」

　きょうちゃんに聞かれて、私はぶんぶん首を横にふる。

「ぜんぜん知らないけど……」

「心当たりは？」

「ないよ！　そんなの」

　首がフリスビーみたいに飛んでいきそうだ。

　始業式はいつのまにか終わり、出口に向かって歩きだす生徒たちのじろじろとした視線が痛い。

　なんで？

　どういうこと？

　会長って、さっきの人だよね？

　プラチナブロンドの、絶世のイケメンの、成績トップの、謎の御曹司の……私からすればもはや人外の。

　人だとしても、最も遠い場所にいる人。

　そう、さっきそう、思っていたところで。

　知り合い？　心当たり？

　……ないないないない、本気でない。

「わかった。これは、人違いだ」

　私は深く頷いて言った。

「いやいやいやいや……」

　私の右隣に並んで歩きだしたきょうちゃんが、苦笑いして手をふる。

「あの副会長が全校生徒の前で、人違いなんてするとは思えないなぁ」

　左隣で呑気に言う森川をきっとにらむと、森川は、

「ごめんごめん」

と両手を上げて苦笑いをした。

むっとしたまま、私は呟く。

「行きませんからね。絶対、人違いだし。心当たりないし」

だけど歩けば歩くほど、注目されていくのがわかる。

……最悪だ。どうしよう。

「とりあえず……、トイレ行ってきます」

私はふたりに力なく言って、駆け足で体育館を出た。

とにかく逃げよう。そう思っていた。

どこに?

人気のないところ……、そうだ、さっきの裏庭。

２限がはじまる直前までそこで隠れて、ほとぼりが冷めたら教室に帰ろう。

……たぶん絶対、人違いだし。

教室に帰っていく生徒たちの波の中を、全速力で走る。

裏庭に着くと、案の定そこには誰もいなかった。

ちらり、今朝も見た背の高い時計を見上げる。

２限がはじまるまで、あと30分。

……今日に限ってまだまだ授業がはじまらない!

始業式が短かったせいだ。

時計をにらんで、隠れられそうな物陰を探す。

……あった。

裏庭の片隅に、掃除用具などが入っている大きめの倉庫が。

私はそのドアをスライドさせ、ほうきやはしごの間に体

を滑り込ませる。

　ちょっと、いやかなり埃っぽいけど……。

　……耐えよう！

　30分くらいぜんぜん！

　平和な日常のためなら耐えられる！

　内側からドアを閉めて、ほっと息をついた瞬間。

　ガラガラガラガラと音をたてて、外側からドアが開く音。

　み、見つかった……!?

　いやでもわかんないよ、まだ。

　用務員さんかもしれない！

　一縷の望みにかけて、目を閉じて祈っていると。

「桜田未来ちゃん、発見」

　甲高い声にそう言われて、肩を落とした。

　……だめだ、終わった。

　ゆっくり目を開けると、まぶしい外の光の中に、ツイン
テールのシルエットが浮かび上がる。

「場所は、えっと、裏庭の……倉庫の中？」

　光に目が慣れると、その顔を判別できるようになった。

　見えたのは、スマホを耳に当ててにっこり笑う、可憐な
顔。

　生徒会の、会計の……。

「わわっ、埃だらけじゃん」

　通話を切ったらしい彼女は、スマホをブレザーのポケッ
トに入れると、私の頭についた埃をぽんぽんと払ってくれ
る。

「まさかこんなとこ隠れてるなんて、流奈ちょっとびっくりよー？」

　こんなところまで追跡されるなんて、私もびっくりです。

　そんな言葉を飲み込むと、ツインテールさんは眉を下げて笑う。

「ごめんね？　そーすけが来るまで、ちょーっとここで待ってね」

　そーすけって誰？

　会長って、そーすけっていう名前だっけ？

「逃げられちゃうと、流奈がとーるに怒られちゃうからさー」

　そうだ。会長の名前は、透。神崎透。

　じゃあそーすけは、副会長かな。

　きっとそうだな。

　……って、呑気に納得してる場合じゃない！

　今ならまだ間に合うかも。

「あの、私、２年Ｃ組の、桜田未来です。さくらだ、みく」

「うん、あなたのことは、よおーく知ってますよ？」

「えっと、人違い、ではなく？」

「人違い？　どゆこと？」

　人さし指を顎に当てて、首をひねる女の人。

　無邪気さを残した彼女のふるまいは、女の人というよりも、女の子というほうがしっくりくる。

　このにじみでるかわいさ、きっと心が素敵な人なんだろうな。

　そんなことを、ぼんやり考えた時。

「残念だが、人違いではない」

　急に男の声が聞こえて、私はびくっと肩を震わせた。

　ツインテールさんの隣から顔を出したのは、黒髪に、端整な顔つきに、銀縁眼鏡の……。

　悲しいけどやっぱり、副会長だった。

　そーすけ、副会長だった。

「2年C組、桜田未来さん、だな？」

　私は観念して、こくり、と一度だけ頷く。

「私、なにも悪いことなんてしてない、です……」

　最後の抵抗にと小さな声で言うと、副会長は眼鏡の向こうの目を少し丸くして、隣のツインテールさんを見た。

「彼女、なにか勘違いしてないか」

「さあ。そりゃ、あんな呼び出し方したらね」

「そうしろとあいつが言ったんだから、仕方ないだろう」

「わかってるって。べつにそーすけを責めてるわけじゃないよ」

「俺だって止めはしたんだ」

「流奈だって止めたっちゅうに。でも、とーる聞く耳持たないじゃん」

　なにやらふたりで話しはじめたので、その隙にでも逃げられないものか企んでいると。

「とにかく」

　副会長から鋭い視線を投げられて、倉庫の中で硬直した。

「君を生徒会室まで連れていく、それが俺たちの任務だ。

従ってほしい。もちろん手荒なことはしない」

「なんで、ですか……」

「さっきも言っただろう」

　副会長は、はあ、と短くため息をついてから、

「会長がお呼びだ」

　それだけを言って、私の腕を引いた。

　私はバランスを崩しながら、埃まみれの倉庫から出る。

「確保、だね」

　ツインテールさんが、にっこり笑って私を見つめた。

　得体の知れないふたり組（正体は生徒会メンバーなんだ
けど）に、連行されるように校舎を歩く。

　まるで捕虜だ。

　本当だったら今頃、２限がはじまるまでの自由時間を、
きょうちゃんや森川と談笑して過ごしていたはずなのに。

　ああ、きょうちゃんも森川も心配してるだろうなぁ。

　私のトイレ長すぎない？って……。

　いや、ふたりのことだから、私が逃走したってことくら
いわかってるか。

　はあ……。

　深くため息をつく。

　平和な日常に普通の恋を求めて、慎ましく過ごしてきた
のに。

　なんでこんなことに……。

　校舎１階の長い廊下をまっすぐ歩き、その突き当たりま

で来たところで、私たちは立ち止まった。

　目の前にそびえ立つのは、大きく重厚な木製の扉。

　立派な真鍮(しんちゅう)のドアノブがついている。

　扉の上にはでかでかと、【生徒会室】のプレートが。

　……こんな厳(いか)めしい生徒会室、アニメでしか見たことない。

「あ、もしかして生徒会室、来るの初めてだったりする？」

　あっけにとられている私の顔を、ツインテールさんが覗き込んで聞いた。

「一生、関わることもないと思ってたので……」

　思わず本音をもらすと、ツインテールさんは声を上げて笑う。

「関わっちゃったねー」

　その楽しそうな笑い声を聞きながら、私はおそるおそる副会長を見上げた。

「あの。この呼び出しって、強制なんですか……？」

　眼鏡の奥の目を細めた副会長は、堂々と。

「強制なわけないだろう」

　そんなことを言うので、ガクッとしてしまう。

　ほとんど強制でここまで連れてこられたんだけど……？

「俺たちはいち生徒だ。そんな権限はない。ただ……」

　ただ……？

「ただ、うちの会長は相当しつこい男なんだ。ある程度は従ったほうが、君も楽だろう。そう思うだけだ」

「……ごめんなさい。本当にぜんぜん、飲み込めない……」

「まあ、あいつも鬼じゃないんだ。そんなに心配すること
はない」

　私を安心させようとしているのか、副会長はその顔に似
合わないほほ笑みを浮かべた。

　抵抗されると面倒なんだ、さっさとしろ、と言わんばか
り。

「鬼じゃないけど、悪魔かもよ……？」

　一方、ツインテールさんは茶々を入れてくる。

　悪魔……？

　あのきれいな顔が悪魔になるの……？

「ジョーダンだってば！」

　副会長ににらまれたツインテールさんが、白々しく笑っ
て私の肩を叩く。

「とにもかくにも、行ってらっしゃい」

「えっ、一緒に入らないんですか？」

「俺たちの仕事はここまでだ。俺もこいつも、教室に帰る」

「ええええええ」

「悪いがどうしてやることもできない」

　副会長は半ば強引に話を終わらせ、ドンドン、とその大
きな扉を叩いた。

　すごいノックの仕方だ。

「透、連れてきたぞ」

　副会長の声とともに、乱暴に開けられた扉。

　その先に広がる光景に、私はごくり、と息を呑んだ。

　ここは王家の一室です、と言われても驚かない部屋だっ

た。

　生徒会室です、なんて言われたほうがむしろ驚く。

　……言われてるんだけど。

　床一面には、ワインレッドカラーのやわらかな絨毯。

　壁面をぐるりと、背の高い書棚が囲んでいる。

　部屋の中央には、晩餐会でも開けそうな大きさの木製
テーブル。

　その上には、ブルーのごく一般的なファイルが乱雑に置
かれていた。

　……学校にこんな場所があったなんて、知らなかった。

　私はきょろきょろ、生徒会室の中を見渡す。

　窓は、ひとつだけ。

　扉から正面突き当たりの壁に、大きな木枠つきのもの。

　そのそばに、ひとりがけにしては大きなアンティークの
テーブル。

　ああこれ会長席ですねって、一目でわかるようなテーブ
ル。

　男はその向こう側に、長い脚をゆったりと組んで座って
いた。

　気だるげにまつげを上げて、私を見据えるまっすぐな瞳。

　捉えられたように、一瞬で身動きがとれなくなる。

　さっきまでの恐怖感は、不思議と体から消えて。

　現実離れした静寂の中、私はその男の大きな瞬きに、吸
い込まれてしまいそうだった。

　それくらい、窓から差し込んだ光を浴びる彼は、儚げで

きれいだった。

「そんなとこ突っ立ってないで、こっち来なよ」

　その男——、生徒会長は、私を見つめたままさらりと言う。

　私はようやく我に返り、わたわたと周囲を見回した。

　背後の扉は閉められていて、さっきまで隣にいたはずのふたりはもういない。

　泣きたい。

　あんなふたりでも、いてくれるだけで心強かったのに、本当に帰っちゃったんだ……。

　そんな泣き言を心の中で呟きながら、おそるおそる足を踏みだす。

　会長席の前で立ち止まると、彼は満足したように頷いた。

　目にかかりそうでかからない、色素の薄いプラチナブロンドの髪が、光に透けてきれいだ。

　……染めたんじゃ、ないんだ。

　人工的な色なら、こんなに美しく光を通さない。

　この距離で見て初めて、生まれつきの色だと一目でわかった。

「……桜田未来」

　低い声が静寂を揺らし、私の名前を呼ぶ。

　怯えたらだめ、隙を見せたらだめ。

　自分に言い聞かせて、手と足と瞳に力を込める。

「……君の情報は、ほとんどそろっている」

　会長は肘掛けに肘を乗せ、しなやかな手で頬を支えた。

　ダークブラウンの瞳が、少し細められる。

「そばに置くのに申し分ない、と判断した」

　……意味が、わからない。

　そう言いたいのに声にできず、黙ったまま会長をにらんでしまう。

　すると会長はにやり、薄い唇（くちびる）を愉快げに歪（ゆが）めて言った。

「挑発的な女は、きらいじゃないんだ」

　試すような瞳に、誘うような声。

「……これは、会長命令だ」

　会長命令？　……なにそれ。

「難しいことじゃないから安心しろ」

　絶対、安心なんてできない。

　その続きを聞きたくない。

　だけど目の前の彼の、わずかな動きにさえ目が離せないのはなぜだろう。

　そして私は、ついにその言葉を聞いてしまう。

「俺の女になれ」

　低く深く、体のまんなかにひびくような声だった。

　男の人から告白された回数は、きっと平均よりも多いと思う。

　呼び出されて相手をしばらく観察すれば、どんなタイプの告白かもわかる。

　玉砕覚悟（ぎょくさい）、冗談半分、そそのかされて仕方なく、けっこう本気。

　でも、これはなんだろう。

　情報はそろってる？

　そばに置くのに申し分ない？

　俺の、女に、なれ？

　言っていることがめちゃくちゃだ。

　そもそも、呼び出し方だって普通じゃない。

『私のどこが好きなんですか？』

　告白された時、淡い期待を抱いて聞く言葉。

　それさえ口にできない。

　する必要もない、と思う。

　だってこれはたぶん、告白じゃない。

　きっとこの人、私のことなんて好きじゃない。

　目の前にいるのは、かの生徒会長、神崎透なのだ。

　だから、どこからどう考えたって……。

「無理です」

　心の中で呟くと同時に、声に出していた。

　会長は驚きもうろたえもせずに、うん、と一度だけ頷いて。

「無理は、無理」

　意味のわからない日本語を言う。

　は……？　無理は無理って、どういう意味？

　だんだん腹が立ってきた。

「無理は無理とか、無理です」

　さらに意味のわからない日本語を返してしまう。

　それを聞いた会長は、じっと動かずしばらく黙ったかと思えば。

　こらえきれないというように、額に手を当ててくすくす
と笑いはじめた。

　……なに笑ってんのこの人？

　からかってんの？

　だとしたら最低、そう思った時。

「おもしれー」

　彼は笑いながら、ひとり言のように言った。

　……やっぱり私のことからかってるんだ。

　正真正銘の最低だ。

　さっき始業式で、あんなに立派な挨拶をした人とは思え
ない。

「すみませんが……。2限がはじまるので失礼します」

　まだ笑っている会長をきっとにらみ、踵を返して歩きだ
す。

　ああ、早くきょうちゃんと森川のもとに帰りたい。

　私の普通の日常に。

　そもそもなんなの、この非現実的な部屋。

　二度と来たくない。

　一瞬でもあんな男に見惚れた自分が、はずかしい。

　ずんずん歩いて、勢いよくドアノブを握った時。

　背後に気配があって、私はぴたりと動きを止めた。

　息を止めて、視線を落とす。

　ドアノブを握る私の手に、大きな手が重ねられている。

　扉を開ける動きを、そっと制止するように。

　……それよりも、距離が。

　すぐ後ろに。

　振り返れば体全体が触れるような距離に、会長が立っていることがわかって、心臓が早鐘を打つ。

「……逃げたんだって？」

　低く撫でるような声が、すぐ斜め上から降ってきた。

「な、んの話、ですか……？」

「裏庭の倉庫に隠れてたって聞いたけど」

　私はドアの木目を見つめたまま、ふるふるとかぶりをふってみる。

「嘘つくんじゃねー、言質は取ってる」

　すかさず言われて、びく、と肩が揺れた。

　言質ってそんな、物騒な……。

「……すみません、逃げました」

「素直でよろしい」

「では２限に……」

「うん、行ってもいいけど」

　会長の手が、ぱっと私の手から離れて。

　安堵した瞬間、今度は長い腕が後ろからのびてきた。

　トン、と腕が扉に押しつけられ、体と体の距離がさらに縮まる。

　そしてふわり、背後から香る甘くてやわらかなにおいが近くなった瞬間。

「……逃げられると思ったら、大間違いだから」

　私の耳元、愛の言葉を囁くような優しい声で、会長は言った。

……悪魔だ。

　重たい体と心を引きずって教室に戻ると、きょうちゃん と森川が駆け寄ってくれる。
「未来、大丈夫かよ」
　私は力なく、首を横にふる。
「……あんた生徒会室行ってたの?」
　今度は縦にふった。
　ふたりは驚いたように、顔を見合わせている。
　なにから、どう話せばいいのか……。
　ていうか、話す気力も……ない。
「なにがあったのさ」
　きょうちゃんに聞かれて、なんとか口を開こうとしたと き。
　ようやく2限のチャイムが鳴った。

「……もうだめな気がする」
　2限が終わり、すぐさま私の席にやってきてくれたふた りに、頭を抱えながら言った。
　前の席にきょうちゃん、横の席に森川が座る。
「なにがよ?」
「もうこの学校で生きていけない気がする」
「だからなにがあったんだよ?」
「あの人、だめな人だと思う」
「あの人って?　王子のこと?」

「王子？　ぜんぜん。ぜんぜん王子とかじゃないよあの人」

「つっても、生徒会長は一応、学校公認の王子だし」

「外見だけだよ」

「でも御曹司だろ？」

「御曹司だかなんだか知らないけど、あれはね、人として
だめな人だと思うよ」

「とにかく、なにがあったのか話しなよ」

　きょうちゃんにそう諭されて、私は頭を抱えたまま、事
の顚末を話した。

「……それで、なんにも言えずに逃げてきた。以上」

　ふたりはひとしきり驚いたあと、うーんと首を捻る。

「未来、それって……、会長から告白、されたってことか？」

　森川が呑気に言うので、私は勢いよく首をふる。

　もうやだ、今日首ふりすぎて痛い。

「ない。あれは告白じゃない」

「じゃあなんなの」

「だから……、会長命令っていう謎の」

「謎の？」

「謎の……、命令」

　ばたっと机に突っ伏した私の頭を、きょうちゃんがぽん
ぽんと撫でてくれる。

「ねー本当に心当たりないの？」

「ないない、本当にない……」

「未来は他人に興味ないからなあ。未来が気づいてないだ
けって可能性もあるし」

「かもしれないけど、生徒会長から恨み買うようなこと、
してないよ私」

　顔を上げて訴えると、ふたりはうんうん頷いてくれる。

「……でも、ちょーっとやばいかもね、未来」

「うん、やばいかもな」

「どういうこと？」

　ふたりは教室のドアを指さした。

　おそるおそる見ると、他クラスや他学年の女子生徒がわ
らわらと、廊下に群がって教室を覗き込んでいる。

　それらの視線はすべて、私に注がれていた。

　好奇の視線ばかりじゃない、嫉妬や怒りの視線。

「ちょっと待って……！」

　私は再び机に突っ伏す。

「本当、無理なんだけど」

　いよいよ本格的に、泣きたくなってきた。

『無理は、無理』

　私にそう言いはなった会長の声が、耳元で再生される。

　3限のチャイムが鳴ると、先生にうながされた女子生徒
の群れは各方面へと分散した。

チョコボール戦争勃発

　４限が終わると、昼休みがはじまる。

　これから先の恐怖に苛まれて、授業の内容はちっとも頭に入らなかった。

　げっそりする私に、きょうちゃんが気づかうように声をかけてくる。

「えーと、今日は、教室で食べたほうが……よさそうかな？」

　いつもはきょうちゃんと森川と３人で、中庭だったり屋上だったり、色んなところで食べているけど。

　ちらり教室のドアのほうを見ると、見物客はさらに増えている。

　教室から出たら大変なことになるんじゃないか。

　不祥事を起こした芸能人が、いっせいに記者たちに囲まれる映像を思い浮かべる。

　あれに近い状態になりそうな気がする。

「……教室で、お願いします」

　きょうちゃんと森川にお願いした時。

「すみませーん、通してくださーい」

　遠くから、聞き覚えのある甲高い声が。

　その声はドアの向こう、女子生徒の群れの向こう側から聞こえる。

　……なんか、嫌な予感がする。

「わ、流奈さんだ……！」

「会計の？」

「あいかわらず超アイドル……」

　口々に噂する声まで聞こえてくる。

　無感心を装ってうつむいていると。

「やっほう、未来ちん！」

　小柄で可憐なツインテールが、群れをかき分けて堂々と教室に入ってきた。

　クラスメイトたちも、突然の侵入者にびっくりしている。

　そんな周囲の反応をよそに、彼女はにっこり笑って、

「お迎えにあがりましたー」

　私の手をぐいぐいと引っぱって立ち上がる。

　もう絶対、逃げられないやつだ……これ……。

　私は脱力して、きょうちゃんと森川に手をふった。

　さよなら、親友たち……。

「いやー朝はごめんね？　勝手に帰っちゃってさー」

　ひとつも悪いと思っていなさそうな口ぶりの彼女は、私の横をるんるんと歩く。

　この人会計係じゃないよ、連行係だよ。

　ツインテールの連行係は、すれ違う人たちの視線もまったく気にしていないらしい。

「あ、そーだ、ご挨拶が遅れました」

　手をポンと叩いて立ち止まると、勝気な瞳で私を見上げる。

「生徒会で会計係してます、山中流奈です」

　片手を差し出された。

　またまた、連行係のくせに……。

「流奈さんって呼んでね」

　それにしても、笑うと可憐さ100倍だ。

　本当にかわいい人って、こういう人のことを言うんだろう。

「桜田、未来です」

　なぜだかもう熟知されているらしいけど、一応そう言って、差し出された小さな手を握った。

「よかったあ、とーるのせいで警戒されてるかと思った」

「すみません、ぜんぜん警戒してます……」

「えーっ、そうなの？」

　予想外、というように流奈さんは両手で顔を覆う。

　逆にどうやって安心しろと言うのか、教えてほしい。

　今だってなんだかんだ言いながら、生徒会室に連行されてるし。

「そんな警戒しないでよー」

「しますよ……」

「うわーん、未来ちんツレナイ……」

　未来ちんってなんだ……？

　心の中で毒づきながらとぼとぼ歩くと、いつの間にか、あの大きな扉の前に到着してしまった。

　ごくり、息を呑む。

　悪魔の住み処め……。

　私の心の準備を待たずに、流奈さんが扉を開ける。

　部屋の中央にあるテーブルには、副会長が脚を組んで座っていた。

　問題の生徒会長は、両腕を組んでそのそばに立って、しかめっ面。

　生徒会室にはそこはかとなく、不穏な空気が漂っている。

「未来ちん助けてきたよーん。って、なに喧嘩ー？」

　流奈さんがずかずかとふたりに近づいていくと、険しい顔のふたりと目が合った。

　会長は鋭い目つきのまま私を見て、

「……囲み取材は受けずにすんだ？」

　そんなことを聞く。

　圧に押されて、素直に頷いてしまった。

　一方副会長も、眼鏡の奥の目を細めたまま私に、

「今朝は強引に連れてきたりして悪かった」

　そう言うので、その圧にも押されて首を横にふる。

「せっかく未来ちん来たのに、なんなの、もー？」

　流奈さんが呆れたように聞いて、テーブルを見た時、ぴたりと彼女の動きが止まった。

　それを見たふたりの空気がさらにピリッとして、生徒会室の空気が凍る。

「あ、私、お暇したほうがいいですか？」

「だめ、未来ちんは、ここにいて」

　さっきとは打って変わって顔色の悪い流奈さんが、片手をパーにして私を制した。

　なんなんだろう……。

　疑問に思ってテーブルを見れば、そこには、小さなお菓子の箱がひとつ。

　ピンクの箱に、かわいらしいキャラクターの絵が描かれている。

　……チョコボールのイチゴ味だ。

　ここにいる全員の視線は、どうやら今、その箱に注がれている。

　……これがどうしたって言うんだろう？

　チョコボールの形した爆弾かなにか？

　そんな冗談が頭に浮かんだ時。

「食ったの、流奈？」

　会長が、おそろしいほど低く冷たい声で聞いた。

「……宗介は違うの一点張りなんだけど」

　流奈さんの笑顔は引きつっている。

「……流奈、謝りなさい」

　副会長が小さくため息をついて言うと、流奈さんはバッと上半身を曲げて頭を下げた。

「すんません会長、流奈が食べました」

「ストックは？」

「流奈が食べました」

　……なんの話？

「ほらさ、昨日さ、けっこう遅くまでここで仕事してたじゃん？　どーしてもお腹空いちゃって、ふたりが資料室行ってる時に食べちゃった、本当すんません。買っとこうと思ってたんだけど、バタバタして……」

「俺のチョコボール食っといて言い訳?」

　黙って話を聞いていた会長が、うっすらと笑みを浮かべて流奈さんに言うと、生徒会室はまたしーんと静まり返る。

　……いやいやいや。

　ちょっと待って、これ。

　もしかしてもしかしなくとも、この人たち、超くだらない話してない?

　しかも本気で揉めてない?

　かの生徒会のメンバーが。

　流奈さんは笑顔をなくして、しょんぼりと俯いてしまう。

　ちょっと会長、言いすぎなんじゃない?

　たかがチョコボールじゃん。

　副会長も副会長で、なんとか言ってあげなよ。

　彼氏なんでしょ?

　と、思うけど立場上、そんなことは言えず。

「あの、私、買ってきましょうか?」

　小さな声で言うと、会長が大きくため息をついた。

「そんなことのために呼んだんじゃない」

　あっそう。

　ていうか、じゃあなんのために呼ばれたの私?

「これじゃ昼食にならない。……売店行ってくる」

　会長は財布を手に、生徒会室を出ていこうとする。

「いいよ、流奈が行くよ」

　流奈さんが引きとめようとすると。

「当然行ってこいって言いたいところだけど。お前は要反

省のうえ、未来と待機」

　未来。

　そう呼ばれて、私はとっさに会長の顔を見た。

　……勝手に名前で呼ばないでほしい。

　声にできないその気持ちを込めて。

　だけど会長は、ん、と眉を持ち上げて、私の頭に手を置き。

「なに？　なにが食いたいの」

　そんなことを聞く。

「うえ……？」

　あまりに予想外の言葉と優しい手の感触に、おかしな声がもれてしまった。

「うえ？　じゃなくて、昼食。持ってないだろーが」

　……そういえば。

　お弁当、教室に置いてきてしまった。

　確かに今さら取りに帰れない。

　だけどこれが食べたいです、なんて、会長に言えるはずもない。

　私が黙っていると、

「……なんでもいいなら適当に買ってくるけど、文句言うなよ」

　会長はそう呟いて、あっさり生徒会室を出ていった。

　ばたん、と重い音をたてて扉が閉まると。

「はあーーーーー」

　流奈さんが大きなため息をついた。

「ちょーこわかった」
「お前のせいで俺まで疑われたんだからな」

　副会長がじろりと流奈さんをにらむ。

　彼女に対してすごい態度だな……？
「それは仕方ないじゃん、前回の犯人はそーすけだったんだし」

　流奈さんが副会長の隣に座って、くるりと私のほうを見た。
「ごめんね未来ちん、びっくりさせて。あ、座って座って」

　私はうながされるまま、流奈さんの向かいの席に座って聞く。
「……あの、さっきのって大丈夫なんですか？」
「大丈夫。あれね、チョコボール戦争。時々起こるんだよね」
「チョコボール戦争……？」

　流奈さんは深く頷いた。
「うちの会長さんね、こーんなちっちゃい頃からチョコボール馬鹿なのよ、大好きなのよ」

　へえー。すっごいどうでもいい情報……。
「仕事で集中したい時はもちろん、食後のデザートとかにも必須なのね、イチゴ味。で、会長がガス欠になんないように、生徒会室にチョコボールストック、用意してんの。それがなくなった時に起こるのが、チョコボール戦争。前にそーすけが内緒で食べて買い足すの忘れてた時なんて、1週間口きかなかったんだよ、ふたり」

　1週間……？

　チョコボールで、1週間……？

　生徒会長と副会長が……？

　嘘だよね？

　そう思って副会長を見ると、至極まじめな顔で頷かれて
しまった。

　……なに、この人たち。

「ま、よくあることだから気にしないでって、ええっ、ど
うした未来ちん!?」

　あやうく噴き出してしまいそうになって、背けた顔を両
手で覆う。

　だめだ、震えてしまう。

　なにこの人たち、なにこの人たち……。

「ごめん、ここ嫌だった？　教室帰りたい？　とーるも悪
気ないんだよ、きっと昼休みとーるのファンたちに囲まれ
ちゃうんじゃないかって、だから様子見にいってやってっ
て、とーるなりに心配し……」

　私の顔を覗き込んで、必死に説明してくれる流奈さん。

　違うんです、と、説明したいのにできないでいると、副
会長が代弁してくれた。

「流奈、桜田は、笑ってるだけだ」

「え……」

　流奈さんのぽかんとした顔。

　私はこらえきれなくなって、ついに笑いだしてしまった。

「チョコボールで、そこまで真剣に喧嘩するなんて……！」

「え、なに、それで笑ってる!?」

「はい、だって……。何事かと思って、ドキドキしました」

　まだおさまらない笑いに肩を震わせながら、目尻の涙を拭って言うと。

　流奈さんは、ぱちくり、長いまつげを上下させて、

「……こりゃ、かわいいわ」

　ぽつりと呟いた。

「とーるに見せてあげたかった」

　副会長のほうを見て訴えるように言う流奈さんに、副会長は優しく笑う。

　流奈さんの言葉の意味はわからないけど、悪い人たちじゃないのかもしれない。

　そんなふうに思った時、生徒会室のドアが開いて会長が帰ってきた。

　片手には売店のポリ袋。

「とーる、聞いて聞いて」

「なに、流奈はちゃんと反省してたの」

「してたごめん、それより聞いて」

「それよりってなんだよ……」

　不機嫌そうに言って、私の隣にどかっと座る。

　今朝覚えたばかりのやわらかな香りが、ふわっと広がった。

　……この人についてはまだ、油断できない。

　私は気を引きしめなおす。

「あのね、未来ちんさっき超笑ってくれたの、未来ちんやっぱ超かわいいわ」

　流奈さんがそんなことを会長に報告するものだから、笑わなきゃよかった……。

　はずかしくなって俯くと。

「知ってる」

　会長は、さらっとそんなことを言った。

　私は反射的に顔を上げ、会長を見る。

「顔赤いよ」

　涼しい顔で指摘されて、とっさに両手で顔を隠した。

　顔、赤い……？　なんで？

　かわいい、なんて言われ慣れてる言葉なのに。

　なんでこんなに、はずかしいんだろう。

「おいこら、顔見せろ」

　会長が私の片手首を掴むので、私は首を横にふる。

　こんな顔、人に見せられない。

「無理です……」

「無理は、無理」

　今朝と同じようにそう言った会長に、ゆっくり手を降ろされると。

　見えたのは、どこまでもきれいでいじわるな、笑み。

「かーわい」

　からかうように言われて、心臓が激しい音をたてた。

　なに？　この心臓の音、なに？

　混乱している私をよそに、

「好きなの食え」

　袋から色んな種類のパンやおにぎりを出して、会長は言

う。

「とーるが誰かの食べ物買うなんて、初めて見たね？」

流奈さんが嬉しそうに副会長に言った。

会長が買ってきた物の中には、私の好きなピーチゼリーもあって。

『君の情報は、ほとんどそろっている』

今朝、そう言われたことを思い出した。

……知ってて、買ってきてくれたのかな。

いやいや、偶然でしょ。

でも、もしかしたら。

そう思って、そろりと会長を見た時。

「おい透」

ずっと黙っていた副会長が、神妙な声を出した。

「お前、チョコボールは」

そういえば、机に並べられた様々な食べ物の中にチョコボールの姿がない。

「もしかして、未来ちんのご飯買うだけ買って、忘れてた？」

フリーズする会長に、流奈さんが小首をかしげて聞く。

あー……と明後日のほうを見て、

「……今日は、売り切れてた」

ぼそっと呟いた会長に、流奈さんだけじゃなく副会長までがくすくすと笑った。

「お前らなに笑ってんの？」

「笑ってない笑ってない」

「笑ってんだろ」

「笑ってないって」

「つーか未来はどれでもいいからさっさと食え」

　笑われて機嫌が悪いらしい会長は、ずいぶん偉そうに私に言う。

　偉そうなのは、今にはじまったことじゃないけど。

「はい……、頂戴します」

　買ってきてもらったんだから、文句も言えない。

「ありがたく食えよ」

「ありがとうございます……」

　そんなこんなで、ある日突然。

　生徒会長に指名された私の、平凡でも平和でもない日常が、幕を開けてしまったのだった。

泣いてしまいました

　天気のいい朝。

　いつもどおりの時間に部屋を出て、アパートの階段を降りながら思い出してみる。

　あの日のこと。はじまりの日のこと。

　生徒会室でのこと。

『俺の女になれ』

『無理です』

『無理は、無理』

『無理は無理とか、無理です』

　そう、私はちゃんとそう言ったはず。

　逃げられると思ったら大間違い、的なことは言われたけど。

　ちゃんと拒否したはず。

　したはずなのに。

　アパートの敷地を出て最初の曲がり角を曲がったところに、その男は今日も立っている。

　腕を組んでコンクリート壁にもたれ、俯き気味に目を閉じている。

　私はため息をついて、男のそばまで歩いた。

　——神崎透。

　私が通う、海西高校の生徒会会長。

　成績トップ、噂によれば御曹司、学内ファンクラブ有り。

　すらっと長い脚、きめ細やかな白い肌、プラチナブロンドの髪に、パーツの整った美しい顔。

　スペック、ルックスともに、王子的で非現実的。

　私がやってきたことに気づかない会長のそばで、私は黙って立ちつくした。

　……王子が立ったまま寝ちゃだめでしょ。

　呆れてそう思いながら、浮世離れした寝顔を眺める。

　まつげも、髪と同じ色なんだな……。

　すやすや寝てくれている分には、なんの害もないのに。

　イケメン好きってわけじゃなくても、この顔はずっと見てられる、かもしれない。

　すやすや寝てくれている分には！

　心の中でそこを強調してから、仕方なく彼を呼んだ。

「会長」

　小さな私の声に、彼のまぶたがぴくりと反応して、ゆっくり開かれる。

　瞳の色は、ダークブラウン。

「おはようございます」

　会長は顔をしかめて目を閉じ、すぐに眠たげに開いた。

「おはよう」

　……低血圧なんだろうか。

　毎朝眠そうにしているし、朝に弱そうな感じがする。

　それなら無理して迎えにこなくたっていいのに。

「……行くか」

　会長はいつもどおりそう言うと、すたすたと私の前を歩

きはじめた。

　このあいだこっそり距離をあけて歩いたら、すかさず怒られてしまったから、とりあえず今は半歩後ろをついていくようにしている。

　横顔が見える距離。

　会長は、ちらりともこちらを見ないけど。

　あの日──、始業式の日から、朝の登校と夕方の下校には、必ず会長がついてくるようになった。

　朝はこうしてさっきの曲がり角で待っているし、帰りは私の教室まで迎えにきて、朝と同じ曲がり角まで送っていく。

　心配してくれているのは、わかるんだけど。

　学校に近づき、だんだん登校中の生徒の数が増えてくると、とにもかくにも目立ってこまる。

「……今日も会長と一緒に来てるじゃん」

「なんで会長があんな女にふり回されてんの？」

　女子生徒たちの声。

「あれだろ？　会長に昼飯ぱしらせた女」

「あの会長を尻に敷いてんだろ？」

　男子生徒たちの声。

「で、結局、何者なの、あの子」

　……私が聞きたいです。

　確かに今ひとりで登下校なんてしたら、ファンクラブの人たちの襲撃にあいそうだ。

　過激派もいるって噂も聞いたし、こわいのは事実。

　でも。……でも！

　そもそも、会長があんな呼び出し方をしたのが悪いと思います。

　心配されるような事態になったのは、この人のせいだと思います。

　だから、心配してもらってありがとうございますなんて、そんな感情一切わいてこなくて当然だと思います！

　２年Ｃ組、桜田未来の主張は以上です。

　そんなことを頭の中でぶつぶつ呟いているうちに、学校に着いてしまう。

　校門を抜けて校庭を歩くと、こちらに向けられる視線の数はさらに増えた。

　あーあ。

　もう女の子の友達、できない気がする。

　普通の彼氏だって、できない気がする。

　ずっと夢見てたありきたりな恋が、どんどん遠くに消えていく。

　グラウンドの前を通ると、野球部の朝練に参加している森川の姿が見えた。

　あっちからもこの異様な状況はわかるらしく、運動部の皆さんまで、こぞって私と会長を見ている。

　森川が大きく手をふってくれるので、私は皇族みたいにほほ笑んで、おとなしく手をふり返した。

　……つらい。

　会長はというと、そんな私にはお構いなし。

　周囲の視線も気にならないのか、きれいな顔を涼しくキメて、今日も堂々たる歩きっぷりだ。

　会長ひとりでも目立つのに、私みたいな謎の女（周囲から見れば！）を連れているから余計目立つ。

　……嫌じゃ、ないのかな。

　斜め後ろを歩きながら、ふと考えてしまった。

　ぱしらされてるとか尻に敷かれてるとか、あることないこと、言われてるし。

　それとも慣れてるのかな、こういうの。

　横顔を盗み見ていると、会長がちらりと私を見た。

「なに」

「いえ」

　目を逸らして短く答える。

　本日初の、まともな会話。

　まともではないけど。

　本当、なに考えてるのかわからない。

　私はうんざりしつつ半泣きになりつつ、昇降口で靴を履き替えた。

　始業式の日から1週間以上が経つというのに、私のクラスの周辺には、まだ女子生徒がちらほら群がっている。

　会長と私が教室に近づくと、騒がしかった周囲はしんと静まり返った。

　誰も気安く、会長に話しかけない。

　ファンクラブらしき女子たちがかろうじて、頬を赤らめて挨拶をするだけだ。

　会長はおだやかにほほ笑んで、その挨拶に応える。

　その隙に私を教室の中に放り込むと、

「昼休み、今日も生徒会室」

　それだけ言って、すたすたと廊下を去っていった。

　すでに教室に着いているきょうちゃんが、にやにや笑いながら近づいてくる。

「すごいねーあいかわらず、注目の的」

「それが一番嫌だってわかってるくせに……」

「ごめんごめん」

　席に着くと、朝練を終えて教室に入ってきた森川にまで、

「未来、すっかり有名人だな〜」

　呑気なことを言われて深く、ため息をついた。

「それにしても、会長に待たれるってどんな気分？　つーか、会長ってどんな顔して朝待ってんの？　にこにこしてんの？」

　私の席に両手をついたきょうちゃんが聞くので、しぶしぶ答える。

「……寝てる」

「寝てる？」

「立ったまま寝てる」

「王子が？」

「王子じゃないからぜんぜん」

　王子なのはスペックと見た目だけで、性格は王子なんて

ものじゃない。

　身勝手で横暴な、ただの俺様。

　チョコボールなくなっただけで、機嫌悪くなるし。

「じゃあ、寝てるあいだに逃げてみたら？」

　森川が人差し指をたてて提案してくれるけど、首をふる。

「もうやった」

「え、失敗したの？」

「初日にやった。けど、起きた会長に後ろから首根っこ掴まれて……」

　思い出しただけでぞっとする。

「『舐めた女だな』って言われたんだよ」

　にっこり笑った会長の、あの目は、笑ってなかった。

　ふたりは苦笑いで、「こえー」と声をそろえた。

　昼休みがはじまるとすぐ、流奈さんが教室まで迎えに来てくれる。

　あの日以来、毎日そうだ。

「とーるに言われてるから」

　流奈さんはそう言って、嫌な顔ひとつせず笑ってくれるけど、さすがに申し訳ない気持ちになる。

「流奈さん……、毎日お手数かけちゃって、すみません」

　私が謝ると、流奈さんはあはっと笑って、ミニトートを持ったほうの手を揺らした。

「いいってばー。どーせ生徒会室行く途中に寄るだけだし？」

「あの……、副会長とは、一緒に行かないんですか？」

「え、そーすけ？」

「はい……、あの、流奈さんと副会長って、付き合っている……んではないんですか？」

　ずっと気になっていたことを思いきって聞くと、流奈さんは慣れたような顔でほほ笑む。

「噂ではねー。付き合ってることになってるけど……」

　切なそうに、首を横にふって言った。

「流奈の片想い？」

　私はちょっとびっくりしてしまう。

　お似合いだし、あの親密な雰囲気は特別な感じがするのに。

「うちら３人幼馴染みだけど、とーるはほら、ちょっと突出してんじゃん？　だからどーしても、流奈とそーすけがセットに見られがちなんだよね、昔から」

「なるほど……？　それはちょっと納得、かもです」

「でも、そーすけは流奈に恋愛感情、ないと思うな」

　流奈さんは、視線を天井に向けて小さく息をついた。

　やるせなさそうな流奈さんの横顔に、私まで切なくなってしまう。

　副会長のこと、本当に好きなんだな。

　……噂なんか真に受けちゃって、よくないな、私。

　憶測でものを言われたり噂されたりすること、自分では嫌がってるくせに。

　反省して言葉を探すけど、軽はずみなことも言えなくて

こまる。

　しばらく黙って考えてから、小さな声で言った。

「……でも、特別な存在なんだろうなって、思います。見てて、それはわかります」

　ようやく言葉になった正直な気持ちは、ずいぶんありきたりなものになってしまった。

「流奈、未来ちんのそういうとこ好きだな」

　流奈さんはにっこり笑って、優しく言ってくれる。

「……あの。嫌じゃ、ないんですか？」

「なにがだね？」

「えっと……。副会長と付き合ってないのに、付き合ってるとか、噂されて。それが本当みたいに、なってて。つらくないですか？」

　おずおず聞くと、流奈さんはうーんと顎にひとさし指をあてて、考える仕草をしてから。

「慣れちゃったかな」

　あっけらかんと笑った。

「流奈だけじゃないよ。とーるもそーすけも、噂とかそういうの慣れてると思う」

「……慣れるもの、ですか？」

「嫌でも慣れちゃうよねー。特にとーるは。髪も天然であれだから、ちっちゃい頃から目立ちたくなくても目立っちゃってたし」

「やっぱりあの髪色、天然なんですね。……私ずっと、会長って、目立つのが好きな人なんだと思ってました」

　正直に言うと、流奈さんはきゃははと笑う。
「いや、目立ちたがりなのは否めないよ？　でもちっちゃい頃は、そんなことなかった。適応していったんじゃないかな」

　とーるはすごいよ、と流奈さんは呟いて、それ以上はなにも言わなかった。

　やっぱりよく知ってるんだな、会長のこと。

　私はぜんぜん、わからない。

　わかろうともしてない。

　書棚に囲まれた生徒会室のテーブルについて、今日も4人でお昼を食べはじめた。

　いつも流奈さんが元気よく喋り続けてくれるので、幸い沈黙にはならない。

　食べているもの。

　私は初日以降、教室からお弁当を忘れずに持ってきているので、お弁当。

　副会長と流奈さんも、なんだか豪勢なお弁当。

　だけど会長は、いつもパンとかサンドウィッチで、デザートにチョコボール。

　食べているものは不健康だけど、食事中の所作はとてもきれいなのが、さすがだと思う。

　育ちがよろしいんだなあ、と心の中で呟くと。
「なに、食いづらいんだけど」

　会長が不愉快そうに、顔を歪めて言った。

　いつのまにかじっと見つめてしまっていたらしい。

　見つめていたというよりは、観察？

「言いたいことあんなら言えよ」

「いえなにも」

「なんだよ言えよ」

「……大丈夫です」

「大丈夫じゃねーだろ。なんか言いたいことある時、顔に出んだよお前」

「そ、そんなことないと思いますけど……」

「あるんだよ。言えよ」

　有無を言わさない会長の圧に、私は観念してひとつ聞いた。

「前から思ってたんですけど……、会長はお弁当じゃないんですか？」

　副会長と流奈さんが、ちらり、視線を会長に投げかける。

　一瞬の沈黙が、生徒会室に流れた。

　……あ、この空気。

　聞いちゃいけないことだったかも。

　出すぎたこと、聞いちゃったかも。

　調子に乗るなって怒られるかもしれない。

　こわくなって身構えた時、会長は不敵な笑みを浮かべて聞いた。

「ようやく俺に興味出てきたんだ？」

　予想外の反応に、私は思いきり首を横にふる。

「いえ、ぜんぜんです」

「ぜんぜんとか生意気……」

「はい、でもぜんぜんです、大丈夫です」

　あわててお米を口に詰め込んで答え、そっと向かいの席を見ると、副会長と流奈さんはどこかほっとしたような顔をしていた。

　やっぱり、聞いちゃいけないことだったんだろうな。

　……気をつけよう。

　そもそも、変に踏み込まないほうがいい。

　私がひとり反省していると。

「未来のは、自分で作ってんの？」

　だしぬけに会長が聞いた。

　未来、と会長に呼ばれるのに、慣れつつあることに気づく。

　こうしてどんどん色んなことに慣らされて、いつか立派な手下になってしまうんじゃないか……。

　想像だけで身震いがする。

「……そうですけど」

「うまそだね」

「普通です」

「ふーん」

　それにしても会長って、どこまで私のこと知ってるんだろう。

　べつに、大層な秘密があるわけじゃないけど。

　情報はそろってるって、言ってた。

　……情報だけで、なにがわかるのって思うけど。

「ねえ、桜田さん」

　昼休み終了の5分前に、教室に戻った時。

　いつもは話すこともない、クラスの数人の女の子から声をかけられた。

「……なに？」

　つい警戒してしまったけど、彼女たちの顔に攻撃的な色はない。

　むしろ遠慮がちな表情のまま、女の子のひとりが聞いた。

「最近お昼って、生徒会長と食べてるの……？」

　私は正直に頷く。

　もっと正直に言うと副会長も流奈さんも一緒だけど、それは言ったほうがいいのか言わないほうがいいのか、わからないので黙っておいた。

　ぜんぜん知らなかったけど、うちのクラスにもファンクラブの子がいたんだな、と察する。

「あの、付き合ってるの？　会長と」

「まったくそういうのじゃないよ」

　はっきりと否定すると、数人の女の子たちはほっとしたような顔をして、そのあと少し残念そうな顔になった。

「ほら、最近よく一緒にいるから。付き合ってるのかなって、みんな噂してる」

　みんなってファンクラブの人たちのこと、かな。

「同じクラスの子が会長の彼女になったりしたら、ちょっと自慢できるなって思っちゃったよね」

「うんうん、それに、桜田さんかわいいし」

「お似合いっていうか、納得できるっていうか」

　口々に言う彼女たちに、どう答えていいのかわからなくて黙ってしまう。

　勝手なことを言わないでほしい。

　少し前なら、すぐにそう思っていたかもしれない。

　でも今は少し違う。

　私は今、わけもわからず会長の近くにいるけど、それを見て一喜一憂する人が多くいるんだ。

　会長は、たくさんの人から求められている人だから。

　そのことを実感して、少しだけ胸が苦しくなった。

　５限のあと、私は３年生の教室がある３階まで来ていた。

　会長に言っておかなければならないことがあったのを、今頃になって思い出したのだ。

　知らない人ばかりの廊下で視線を感じながら、会長の姿を探す。

　目立つ髪だから、すぐ見つけられると思ったんだけどな。

　色んな教室をこそこそと覗いてみても、一向に見つけられずこまっていると。

　とんとん、と後ろから肩を叩かれた。

「未来ちん？　こんなとこでどした？」

　振り返った先にいたのは、救いの天使・流奈さんだった。

「流奈さん……！」

「とーるかね？」

「はい。あの、昼休みに言い忘れたことあって……」

「そんなのメッセージしたらいいじゃん」

「あ、それが、連絡先知らなくて……」

「え、それマジで言ってる？」

「はい」

「はあ……。ほんと、とーるって変なとこ抜けてるっていうか、天才バカっていうか……」

　流奈さんは呆れ顔で、D組だよ、と教えてくれるので、お礼を言ってD組へと走る。

　その途中、見覚えのある顔とふと目が合った。

　廊下で談笑しているグループの中の、ひとり。

　短髪をきれいにセットした爽やかな……、誰だっけ。

　ええと……。確か、そう、横山先輩。

　私は小さく会釈して、駆け足で彼の前を通り過ぎた。

　D組の後ろのドアから教室の中をこっそり覗くと、会長は窓際の席にいた。

　プラチナブロンドの髪は、狭い教室ではなおのこと目立つからすぐに見つけられた。

　会長は机に突っ伏して、どうやら眠っているらしい。

　……本当、よく寝る人だな。

　朝も寝てたのに、とちょっと呆れてしまう。

　教室に入ることもできず、ドアの前でまごついていると、近くの席に座っていた副会長がこちらに気づいてくれた。

　会長と副会長、同じクラスなんだ。

　そんなことも知らなかった。

　会釈すると、副会長は読んでいた本を閉じて、会長を起こしにいってくれる。

　寝起き、機嫌悪かったら嫌だな……。

　ドギマギしながら待っていると、目覚めた会長はすごい勢いでこっちに向かって歩いてきた。

「お前はアホか？」

　開口一番そう言われて、私は目を丸くする。

「え……？」

「ひとりで３年のフロア来るなんて、お前はアホかって聞いてんだよ」

「だって、言いたいことが……」

　かろうじて言うと、会長は私の腕を強く引いて歩きだす。

「会長……!?」

　今までで一番といっていいくらいの注目を浴びながら、３年生のフロアを引きずられるようにして出る。

　そのまま裏庭に連れだされた時、６限開始のチャイムが鳴った。

　あいかわらず、裏庭はしんと静まり返っている。

　会長はベンチに脚を組んで座り、立ったままの私を見上げてため息をついた。

　ため息をつきたいのはこっちなので、むっとして呟く。

「授業」

「さぼれ」

「はい……」

「未来、お前は知らないかもしれねーけどな、3年のフロアには危険がいっぱいなんだ」

諭すように言われ、私は首をかしげる。

「べつに危険じゃないと思いますが……」

「よく聞け、未来。3年のフロアには、童貞と童貞じゃない男がいっぱいいる」

「はい……?」

はーい、全校生徒の皆さん。

学校公認の王子が、かの生徒会長様が、童貞とか童貞じゃないとか言ってますよ。

「そんな場所には金輪際、ひとりで踏み込むな」

……どこにも行けないから、それ。

呆れてそう思いながらも、とりあえずおとなしく頷くことにした。

むだな抵抗はやめよう、流せるところは流そう。

これは、最近の私のスローガンである。

会長は不機嫌なりにも満足そうに頷いて、聞いた。

「で、言いたいことってなに」

私ははっとして、自分の用件を思い出す。

「すみません、昼休みに言い忘れたんですけど、今日の放課後は委員会があるので。帰り、大丈夫です」

「あー、美化委員?」

……それも知ってるんだ。

好みの食べ物から委員会まで、抜かりなく調べられている感が否めない。

　私が一体、なにをしたっていうんだろう。

「はい。何時に終わるかもわからないので、先帰ってもらっ
て大丈夫です」

「それだけ？　用件は」

「はい」

「わかった」

　想像より簡単に引き下がってくれたので、ほっとして頭
を下げる。

「では……」

「ではってどこ行く？」

「授業に戻ります」

「途中から戻っても顰蹙を買うだろ。ここにいろ」

　会長はそう言って、自分の隣を指さす。

　顰蹙買ったほうがまし……。

　でもどうせ逃げられない、と思って仕方なく隣に座ると。

　とん、と、会長の頭が私の肩に乗せられたので、思わず
びくっと背筋をのばした。

「……ちょっと寝かせろ」

　会長はそれだけ言って、目を閉じる。

　やわらかな甘い香りが、じわじわと体にしみ込んできて
こまる。

　かちこちに固まったままでいると、陶器みたいになめら
かな肌の顔が、肩口でちらりと私を一瞥した。

　かと思えば、うなじに顔をうずめられて、すん、と息を
吸われる。

「な……っ」

「お前、なんかつけてる？」

　会長の息が首筋にかかって、途端に体が熱を持つ。

「な、なんかって……、」

「香水とか」

「つけてません……っ」

　肌をくすぐる吐息に、こらえながらなんとか答えると。

「じゃー、これ、未来のにおいか」

　甘く見つめられて、息が止まった。

「く……っ、くさいですよね、はい、わかります」

「くさくねーよ、なんか甘いにおい」

「は……っ？」

　驚いてマヌケな声がもれてしまう。

「未来は甘いんだな」

　……甘いのは、会長の視線と声だ。

　いつも俺様なくせに、急になんなんだ。

　さっきから体中にひびく心音も、なんなんだ。

　なにか言わなきゃ、離れてって言わなきゃ。

　そう思って口を開こうとした時、肩から静かな寝息が聞こえてきた。

　横目で盗み見ると、こてんと私に頭を預けたまま、会長は本当に眠っている。

　こんなところ見られたら、ファンクラブの人たちに殺されるんじゃないかな。

　そう思ってひとり、身震いするけど。

　おだやかな寝顔を揺り起こすことが、なぜか私にはでき
なかった。

「本当に帰り、会長の護衛なしで大丈夫なの？」
「部活終わるまで待てるなら、俺が送るぞ？」
　帰りのホームルームが終わったあと、きょうちゃんと森
川が口々にそう言ってくれた。
　会長のファンクラブに過激派の人たちがいることを知っ
て、ふたりとも心配してくれているのだ。
　会長に呼び出されてからというもの、毎日会長に監視さ
れて通学していたので、ひとりで帰るのは数週間ぶりだ。
「今のとこ、嫌がらせとか受けてないし大丈夫だよ」
「そうかなあ……」
「たまにはひとりで息抜きもしたいし！　ありがとね」
　きっぱりと笑って言い、私は委員会の行われる教室に向
かった。

　委員会の議題は、もうすぐ行われる野外活動の清掃分担
について。
　野外活動とはいっても、１年生は１泊２日のキャンプ、
２年生は日帰りの野外レクリエーション。
　どちらもキャンプ場で炊事をしたり、ゲームをしたり、
新しいクラスや学年の親睦を深めることが目的の、お気楽
なイベントだ。
　１年の時のキャンプには、あまりいい思い出がない。

　きょうちゃんも森川も同じクラスだったから、それは楽しかったけど。

　この手のイベントは、本当に呼び出しが多いのだ。

　今年は日帰りだからきっと、去年よりは楽しめるはず。

　前向きに考えて黒板を見ると、なんとなくわくわくしてきた。

　委員会は1時間と少しで終わった。

　閑散（かんさん）としている昇降口で、靴を履き替える。

　委員会が開かれた教室からここまで、多少の視線は感じたけど、会長と一緒にいる時ほどではない。

　あれはもう、変にまぶしいスポットライトを浴びてるみたいなものだし。

　ひとりのほうが案外、安全かも。

　なにより、会長に気をつかわずに歩けるって、素晴らしいじゃないか。

　少し心細いような気持ちを、明るい気持ちで吹き飛ばして歩きだした時。

「桜田さん」

　背後から声をかけられた。

　振り返ると下駄箱（げたばこ）の影から、ジャージ姿の見覚えのある人が出てくる。

「……横山先輩」

「あ、名前、覚えてくれてるんだ？」

　さっき3年のフロアで目が合って、思い出していたから。

　そうとは言えずに曖昧に頷くと、横山先輩はゆったりとした歩調で、こちらに近づいてくる。

　思わず身構えた時、横山先輩が笑って言った。

「そんな警戒しないでよ」

「いえ、ぜんぜん、してません……」

「ならいいんだけど。……俺さー、初めてなんだよね。女の子にふられたの」

　森川が、運動部一番人気だって言ってたもんな。

「あの時さ、なんか俺が、顔だけで桜田さんのこと好きって言ってるみたいになっちゃったのかなって。なんか悪かったなって、思ってたんだけど」

「いえ、それは。大丈夫です」

「うん、大丈夫だろうなって」

　横山先輩は少し首を傾けて、じろりと私を見据える。

　誰が見たって爽やかな印象を持つだろう横山先輩は、軽薄な笑みを浮かべて、冷たく言った。

「自分は顔で判断されんの嫌がるくせに、選ぶのは会長みたいな男なんだって思って」

「……は？」

　言っている意味がわからなくて、思わず声がもれる。

「一緒に登下校してるとこ見たし。付き合ってんだろ？」

「そういうんじゃ」

「いいって隠さなくても。つーか、全校生徒知ってるから」

　吐き捨てるように言われて、理解する。

　……やっかみだ。

　こういうの、初めてじゃないけど久しぶりだな。

　ずっと色々、気をつけてたんだけどな。

　サッカー部のエースをふったあとに、会長と付き合いはじめた女。

　そういう噂も、きっとあるんだろうな。

　想像してしまうと、ぐらり、目の前が暗くなった。

「ま、確かに俺じゃ、会長の足元にも及ばないってことくらいわかってるし、いいんだけど」

　そんなことない。

　とっさに思ったけど、声が出なかった。

　あなたのよさ、あなただけのよさ、わかって好きになってくれる人が、きっといる。

　きちんと自信を持って、そう言えたらいいのに。

　そんな人に出会ったことのない私には、言えない。

「ちょっと傷ついたなーって」

　ほの暗い笑顔で言われて、私は力なく俯いた。

「……ごめんなさい」

　それだけ言って、深々と頭を下げる。

　私は会長と付き合っていないけど、彼のプライドを傷つけたことには変わりない。

　くだらないプライドだなって、思うけど。

　傷つけたのは事実だ。

　その場から逃げだすように歩きはじめる。

　足早に昇降口を出たところで、

「おい」

　呼び止められて振り返った。

　なぜかそこには、壁にもたれて立っている会長がいた。

　先に帰ってって、言ったのに……。

　ダークブラウンの瞳と目が合って、すぐに私から逸らす。

「……なんですか」

　声が震えてしまう。

「勝手に帰んな」

「待っててもらわなくていいって、言ったじゃないですか」

　……だめだ、泣きそう。

　言っちゃいけないことを、言ってしまいそう。

「噂されてますよ、会長。私にぱしらされてるとか、尻に敷かれてるとか、あることないこと。あんな女の子になんでって」

「そんなんほっとけ」

「ほっとけません！」

　思わず大きな声が出てしまった。

　会長はぴくりともせず、まっすぐ私を見つめている。

　そんな顔で見られたって、こまる。

　まずい、涙、出る。

「か、会長は慣れてるかもしれませんけど、私は嫌なんです。見た目で判断されて、目立ちたくないんです。贅沢な悩みだってわかってます、でも……。誰かひとりでいいから、私自身を見てもらいたいんです。外見じゃなくて、心と心で好きになれる、そういう恋がしたくて……」

　恋なんて、きっとそれが当たり前のことのはずなのに、

私にはずっと難しかった。

「だから、できるだけ平凡に過ごそうと心がけてきました」

　かわいいからって悪目立ちしない、平和な生活を求めて。

「それなのに、会長のせいでこんなに目立って、噂されて」

　私の夢から、どんどん遠ざかってる。

　涙がぽろりとこぼれた。

　……どうしてこんなに難しいんだろう。

　外見じゃなくて、中身が好きだよって。

　ありきたりだけど、胸を張ってそう言える人。

　そう言ってくれる人。

　そういう人と出会って、ありきたりな恋がしたい。

　たとえば今、校庭を歩いてる、あんなカップルみたいな。

　平凡で、誰も気に留めないふたり。

　だけどあのふたりは、誰に注目されなくたっていいんだ。

　幸せそうな顔で、ふたりだけの世界で笑ってる。

　恋なんてきっと、いつかは消えてしまうものだけど。

　あんな恋なら壊れても後悔しない。

　こらえたいという意志に反して、涙はもうずっと流れて
しまっていた。

　会長はただ黙って、私の話を聞いている。

　王子みたいにかっこよくて、誰よりも目立つ人。

　こんな人に構われたって、こまる。

　私は、ありきたりがいい。

「……もう、迎えにこないでください」

　もっと早く、こう言えばよかった。

　会長は静かに目を伏せただけで、最後までなにも言わな
かった。
　私は泣きながら、会長に背を向けて歩きだした。

泣かせてしまいました【SIDE透】

『何時に終わるかもわからないので、先帰ってもらって大丈夫です』

　未来はそんなことを言っていたけど、委員会が終わる時間なんてだいたいの予想はつく。

　１、２年の野外活動の清掃分担について話し合うと、美化委員会からは事前に報告を受けていた。

　……ざっと１時間前後。

　生徒会室で書類の山に判を押しながら時計を見上げた時、テーブルのほうから流奈のため息が聞こえた。

「会長、ハンコまだですかあ？」

　こんな時だけ会長と呼んでくる流奈をにらむ。

「今やってるだろ」

「遅くない？　いっつもそれくらいの量、ばばばって終わらすじゃん。さっきから時計ばっか見てさー」

「…………」

「注意力散漫（さんまん）？」

「散漫なんかしてねー」

「そんなに気になるなら、もう迎えに行っときゃいーじゃん。早めに終わっちゃうかもよ、委員会」

「１時間弱はかかる」

「そんなんわかんないじゃん、ねー？」

　流奈に話をふられた宗介が、過去の経理ファイルを探す

手を止めて俺を見た。

「……邪魔だから行ってこい。で、そのまま直帰すればいい」

「なんで直帰？　戻ってくるけど？」

「最近仕事のリズムが変わって、疲れてるだろう。桜田を家まで送って、今日はそのまま帰れ」

　うんうん、と、流奈も頷いている。

　……あいかわらず、余計な心配ばかりするやつらだ。

　ため息をついて、仕方なく立ち上がる。

「じゃ、お言葉に甘えて直帰で。流奈、書類提出、明日にはできるようにするから」

　そう言ってやると、ふたりは満足したように頷いた。

　どの教室で委員会が行われているかは、知っているけど。

　あんまり近くで待つのは嫌がりそうだな、あの女は。

　そう思って、昇降口の外で待つことにした。

　誰がなにをやったのかすぐにわかってしまう校内では、ファンクラブのやつらも手を出さないだろう。

　ただ、学校を一歩出たら俺の目は届かない。

　守るというのは生半可ではいかない。

　縛りつけたいわけじゃないが、普通のやり方じゃ守れない。

　……どうしたもんかな。

　考えながら昇降口の壁にもたれてしばらく待つと、中から未来の声が聞こえてきた。

　次いで、男の声。

『俺さー、初めてなんだよね。女の子にふられたの』

　聞き覚えのある声に、思い当たる顔を浮かべる。

　……サッカー部部長の横山、か。

　同じクラスになったことはないものの、2年の冬にあいつが部長になってからは、部活動報告会でしょっちゅう顔を合わせていた。

　状況がわからないので、そのままの姿勢で話の続きを聞く。

『あの時さ、なんか俺が、顔だけで桜田さんのこと好きって言ってるみたいになっちゃったのかなって。なんか悪かったなって、思ってたんだけど』

　なるほど。だいたい掴めた。

『いえ、それは。大丈夫です』

『うん、大丈夫だろうなって』

　途端に冷ややかさを帯びた横山の声に、おだやかじゃねーな、と思う。

『自分は顔で判断されんの嫌がるくせに、選ぶのは会長みたいな男なんだって思って』

『……は？』

『一緒に登下校してるとこ見たし。付き合ってんだろ？』

『そういうんじゃ』

　否定する未来に、横山はたたみかけるように負け惜しみを吐いた。

『ちょっと傷ついたなーって』

　そろそろ止めたほうがよさそうだ。

　昇降口の中に向かって、一歩踏みだした時。

『……ごめんなさい』

　落とすような未来の声が聞こえて、動きを止めた。

　……なんでお前が謝る？

　昇降口から出てきた未来が、俺の前を通りすぎてそのまま帰ろうとするから。

「おい」

　呼び止めたら、泣かせてしまった。

「……なるほどです」

　俺の話を黙って聞いていた男は、腕を組んで目を閉じ、深く頷いた。

　ガタイがよく温厚そうな顔の、未来の中学からの友達。

　２年Ｃ組、野球部所属、ポジションセカンド、森川裕太。

　未来が去ったあと、俺がひとり昇降口でぼんやりしていたところ、

「……あのー、もしかして未来と、なんかあったんすか？」

　部活仲間と帰ろうとしていた森川くんから、そう声をかけられた。

　そして俺は、ぽつりぽつりとことの顛末を話した、というわけだ。

　ジャージ姿の森川くんは俺の話をひととおり聞くと、昇降口の階段に腰かけて口を開いた。

「……未来って、顔、かわいいじゃないですか」

　俺は未来の、華奢な四肢や白い肌や丸い瞳、栗色の長い

髪を思い浮かべる。

「まあ、そこそこじゃね」

「はは、さすが会長。……それであいつ、昔からすぐ男に
告られるんですけどね。やっぱ、顔なんすね。もちろんわ
かりませんよ、未来のどこが好きなのかなんて、告った本
人にしか。うまく言葉にできない人だっているだろうし」

「まあ、そうだな」

「……でも未来からしたら、話したこともない関わったこ
ともない男から好きだって言われて、そのせいで女からは
すぐ、顔がいいからだーって、やっかまれて。中学の時は、
女子グループからハブられたこともあったし」

　俺は頷いて、過去の未来に思いを馳せる。

　空に落ちてきた茜色（あかね）は、夜の支度（したく）をはじめようとしてい
た。

「……男も男でね、未来がかわいいのわかってるから、な
んつーか、そこそこ自分に自信あるやつが挑んでくるわけ
ですよ。今回の横山先輩とか、その超典型すよね。俺なら
いける、って感じなんでしょうけど。そういうの、隣にか
わいい女を置きたいだけだーって、未来は思うわけです」

　しみじみ、というふうに森川くんは言う。

「会長は、違いますよね？　……そういうのとは」

　ふ、と笑って俺は答える。

「……どうかな」

　未来にとっては、同じかもしれない。

　俺も、他の男たちと。

　森川くんは、うかがうように俺の顔を見てぽつりと言った。

「……未来って、親父いないじゃないすか」

　俺が未来について調べた、と言ったことを、未来から聞いているんだろう。

　すでに知っていたことなので、なにも言わずに頷いた。

「詳しいことは俺もわかんないですけど、恋愛にいいイメージないんすよ、たぶんそもそも」

　さっきの泣き顔を思い出す。

　ごめんなさい、と、横山に言ったか細い声も。

「未来の夢はずっと、中身で想い合える恋をすることなんです。そんなの誰でもやってる普通のことなんですけど、未来はすげー難しく感じてるみたいで。まあ、無理もないんですけど……」

「うん」

「特別じゃなくていい、ありきたりな恋を、１回できたらそれでいい。それが、あいつの口癖です」

　……ありきたりな恋、か。

　腕を組んだまま視線を落とすと、少し笑えた。

　自嘲ってやつだ。

　俺が一番、不適格なんだろう。

　考えれば考えるほど、その答えが導き出されてしまう。

「……でも、俺は実際よくわかんないです」

　森川くんは呟いて、ひょいと立ち上がった。

「確かに外見がいいと、人間性？　見てもらうハードル高

くなっちゃうけど。……俺は外見含めて、その人だと思う
し」

　温かく笑って、森川くんは俺を見る。

「まだ未来は、あきらめるには早いんじゃないかなって思
うんです。ありきたりな恋でいいとか、そんなこと言って、
色んなことあきらめようとしてるように見えるから」

　さすが親友だな、と思う。

　未来のことを、よく知っているうえによく考えている。

「……森川くんは、なんで俺にこんな話してくれんの？」

　未来から俺の話は、散々聞いているはずだ。

　あいつがどんなふうに話しているか、想像くらいはつく。

「俺の評判は悪いだろ？」

　ほぼ笑んで聞くと、森川くんは少し驚いた顔をして、で
もすぐに優しい顔に戻った。

「会長なら未来の凝り固まったとこ、粉砕しそうだなって」

「粉砕？」

「はい。期待してます」

　なんの根拠もなくそんなことを言うので、笑ってしまっ
た。

　これは自嘲じゃない。

「ありがとう」

　笑いながら言うと、森川くんは照れたように短髪をく
しゃくしゃと掻く。

「うわー、会長やっぱかっけーすね。今めっちゃドキッと
しました。男でも惚れそう」

「俺も森川くんならぜんぜんいけるわ」

　感謝を込めて言って、俺は森川くんとくすくすと笑った。

あられもない予感

　一睡もできずに朝が来た。

　私が口にするひどい言葉を、じっと黙って聞いていた会長の顔が、ずっと頭から離れない。

　さすがに、言いすぎたと思う。

　言い返してくれたらよかったのに。

　勝手にしろって、突きはなしてくれたらよかったのに。

　私の心を、一生懸命汲みとろうとするみたいに、会長はただ私を見つめていた。

　そのまっすぐな目が、忘れられない。

　お母さんがバタバタとリビングで支度しているのを、ぼんやり眺めながら過ごす。

「あんたお弁当は？　作んないの？」

　ピアスを着けながら言うお母さんに、黙ったまま頷く。

「……行ってくるからね」

　怪訝な顔をして仕事へ出ていくお母さんに、片手をふった。

　ああ、学校行きたくない。

　でも、行かなきゃだよね……。

　ため息をついて立ち上がり、支度をはじめる。

　さすがにお弁当は作れなかったけど、いつもどおりの時間にアパートを出た。

『……もう、迎えにこないでください』

あれだけはっきり言ったんだ。

きっと会長はいない。

そう言い聞かせながら、いつもの角を曲がった時。

目に映った光景に、驚いて鞄を落としてしまった。

「……会長？」

いつもと同じ場所、いつもと同じ姿勢でそこにいる会長は、決定的にいつもと違った。

「おはよう」

私のそばへ歩み寄って、足元に落ちた鞄を拾い上げてくれる。

「弁当、せっかく作ってんのにくずれるだろ」

そう呟いた会長のプラチナブロンドの髪が、黒く、染まっていた。

「髪……、どうしたんですか……？」

ぼうぜんとして聞く私に、会長はさらりと答える。

「イメチェン」

「カ、カラースプレーですよね？」

「いや、普通に黒染め」

即答されて絶句した。

なんで、そんなこと……。

「なんでも似合ってこまるわ」

真顔でそんなことを言う会長に、なにも言い返せない。

ん？　と優しく鞄を差し出されると、瞳にみるみる涙が浮かぶのがわかった。

『それなのに、会長のせいでこんなに目立って、噂されて』

　私があんなこと、言ったからだ。

　でも。だからって。

「これでちょっとは目立たない。生徒会長は辞められねー
けど」

　なんでそこまで、するの？

　気づいたら、やっぱり私は泣いてしまっている。

「……は？　なんで泣く？」

　会長があせったように、私の顔を覗き込んだ。

「どうした、どっか痛いか？」

「ごめんなさい」

　語尾に被せて言うと、会長は目を丸くする。

「なんでお前が謝るの、謝んのは、」

「私です。私、自分の気持ちしか考えないで……、会長に、
ひどいこと言った。ほんとに、ごめんなさ……」

　子どもみたいに泣きながら言った瞬間、腕を引かれてと
ん、と胸に抱き寄せられた。

　後頭部を片手で抱えられ、会長の胸にやわらかく押しつ
けられる。

「べつにひどいことなんて言ってないだろ」

　その優しい声に、涙がもう一滴流れて、止まった。

　会長のおだやかな胸の音が、鼓膜に直接ひびいてくる。

　とくんとくん、と速くなっていく私の鼓動と溶け合って、
なんだか心地いい。

「悲しい思いさせて、ごめんな」

　謝るべきは私なのに、会長は切なそうにほほ笑んで私の

頬に触れ、そんなことを言った。

「黒、似合ってない？」

　囁れて、ふるふると首をふる。

「似合って、ます」

　でも本当は、涙でにじんでよく見えなかった。

　今、会長の髪が何色だったって、同じことを言ってしまった気がした。

　会長はいつもどおり満足げに笑うと、泣きやんだ私の手をとって歩きだす。

　──ありきたりな恋がしたい。

　その気持ちは今も、変わらないのに。

　私の手を引いて、いつもよりゆっくりと歩く会長の背中を見ると、胸がざわざわした。

　この人に、翻弄されてしまう。

　そんな予感がして。

会長のご同行です

野外活動のはじまりはじまり

　黒髪になってからというもの、会長人気はうなぎのぼり
だ。
「キラキラの髪もよかったけどさ、黒髪も最高じゃない？」
「こう……ぐっと身近に感じるよね、会長を」
「王子は王子なんだけど、下界に降りてきてくれてる感
じ？」
「でも、会長ってあれ地毛らしかったのに、なんで黒染め
なんかしたんだろ？」
「あーそれ、あの子の好みらしいよ」
「え、あの子が黒くしてって会長に頼んだってこと？」
「そもそもあの子と会長って付き合ってんの？」
「いや、なんかそれは違うらしい」
「らしいね。否定してるらしいし」
「なにそれ、彼女でもないのに会長の髪色にまで口出しし
てるってこと？」
「何様って感じだよね。黒髪もかっこいいからいいものの」
「つーか、彼女じゃないなら、みんなまだチャンスあるん
じゃん？」
　私と会長にまつわる噂も、スピードを上げてあちこちで
暴走していた。
　黒髪になった会長と校庭を歩き、嫌でも聞こえてくる声
に途方に暮れる。

　やっぱりお迎え、あのまま断ればよかったかも……。

　そんな後悔をしながら、一方では。

　髪色ひとつでこんなに注目されちゃうなんて、きっと本人は大変だろうな。

　そんなことも思う。

　巻き込まれてる私が、呑気に考えることでもないんだけど。

　会長は今日も、周囲の声なんてどこ吹く風だ。

　命からがら教室に辿り着き、きょうちゃんと森川と挨拶を交わす。

「まだ騒がれてんの？　会長の黒髪効果すごいね？」

「うん……。もう１週間経ったのに……」

「でも本当、黒髪になってもかっこいいね」

　きょうちゃんが感心したように言うと、森川が勢いよく頷く。

「俺、会長って男だなって思うよ」

「森川、それどういう意味？」

「どういうって……」

　森川はまじまじと私を見つめて、訴えるように言った。

「愛だろ」

　私は目を細めて、森川をじーっと見る。

　……森川、なんか知ってる？

「きょうちゃん、俺たちは会長と未来、ふたりの味方でいような」

「ふたりってなに？　なんで会長の味方までするの？」

　疑いの眼を向けたまま聞くと、森川は不自然なほど明るく笑って答える。

「べつに深い意味はないけど！　会長かっけーし!?」

「それだけ？」

「それだけそれだけ」

　なんだか、妙に会長の肩を持つ。

　前からこんなだったっけ？

　森川はいつもどおりのほほんとしているので、考えすぎか、と息をついた。

「とにかく、今日も朝から疲れた……」

「まあまあ、元気だして。そういえばもうちょっとで野外活動じゃん。楽しみだね？」

　きょうちゃんが慰（なぐさ）めるように言ってくれて、ぱっと気分が明るくなる。

　そうだ、もうすぐ野外活動だ！

　レクリエーションしたり、自然の中でご飯作ったり……。

　想像だけでも楽しいな。

　なんといっても、会長から解放されて過ごす貴重な１日。

　フリーだ、ストレスフリーだ！

　キラキラした気分で、きょうちゃんを見つめる。

「きょうちゃん、私、今までになくこういうイベント、楽しみにしてるかも」

「あんた相当、苦労してんね……」

「ああ、楽しみだなあ。１日、校外だもんねえ」

　しみじみと言う私に、ふたりは肩をすくめた。

　生徒会室でお昼を食べることにも、悲しいかな、ずいぶん慣れてしまった。

　私の隣には会長、正面には流奈さん、流奈さんの隣には副会長。

　これがいつもの定位置である。

　いつもどおり他愛ない話を続ける流奈さんは、

「……ごめん、無理」

　お箸を持ったまま、突如ぷーっと噴き出した。

「とーる、本当、その髪だめだよ、笑っちゃうよ、笑い殺されるよ!?」

　会長を指さして、お腹をかかえる流奈さん。

　副会長曰く、こうして1日に数回、流奈さんは会長を見て笑いだすらしい。

　当の会長は完全にそれを無視して、サンドウィッチを口に運んでいる。

　けらけら笑い続ける流奈さんに、副会長が息をついて言った。

「流奈、そろそろ慣れろ」

「だって、まじでどこぞの普通のイケメンだよって感じじゃん」

「普通以上のイケメンだろ」

　会長が、そこにはすかさず反応する。

　やっぱりちょっと変だ、この人たち。

　ついていけない、ていうか、ついていかない。私は。

　私のせいで黒染めさせてしまった、という罪悪感が、こ

の人たちといると薄れてしまう。

　そこはきちっと、反省しなければ……。

　自分に言い聞かせてお弁当を食べていたところ、会長がじっと私を見て聞いた。

「未来、なんかいいことでもあった？」

「え……？」

　副会長と流奈さんが、ほとんど同時に私を見る。

「べつにいいことなんかないですよ」

「そうか？　なんか生き生きしてて、らしくねーぞ」

　聞き捨てならないな？

　なんで私が生き生きしてたら、らしくないんだ。

　反論の気持ちを込めて、控えめに会長をにらむと。

　会長はなぜか嬉しそうに笑って、

「冗談」

　私の頭をぽんと撫でた。

「…………っ!?」

　抱き寄せられた時の感触が、フラッシュバックして体がびくりと反応する。

　ほだされない！

　絶対にこんなことで、ほだされない！

　気を確かに持って、いつもより大きな声で言う。

「本当になにもないです。いつもどおりです」

「あっそう」

　自分でふっておいて、興味もなさそうな会長が言うと。

「はーい、流奈、未来ちんがご機嫌な理由わかった！」

　流奈さんが、元気よく右手を挙げて言った。

　会長がふふん、と笑う。

「流奈、言ってみろ」

「ずばり！　未来ちん、野外活動、楽しみなんでしょー？」

　わあ、ドンピシャ。

「もーすぐだもんね？」

　瞳をきゅるん、として聞く流奈さんに、私はおののきながら頷く。

　流奈さんって、なんでこんなに勘がいいんだろう。

　童顔ツインテールなのに……。

　ああでも、野外活動のことを思い出したら、にやけが止まらない。

「２年生になって初のイベントだもんねー？」

　にっこり笑ってくれる流奈さんに、こくこく頷く。

「なに、そんなことで喜んでるの？」

　さも意外という顔で会長が言うので、私は反抗した。

「楽しみにするくらい、いいじゃないですか」

「外で食事してなにが楽しいわけ？」

「たっ、楽しいです！　空気もいいし、クラスの人と仲良くなれるかもしれないし！」

「ん？　誰と仲良くなるつもり」

「誰とって、誰とでもいいじゃないですか……」

　思いきり顔をそむけて言うと、がしっと頬を掴まれた。

　会長はいつもの、うさんくさいくらいきれいな笑顔で、釘を刺すように言う。

「はしゃぐのはいいけど。自分が誰のもんか、よーく考えて行動しろ？」

　私はとりあえずこくこくと頷く。

　……でもでも、当日は自由だ！

　野外活動は、思う存分楽しんでみせる！

　決意を新たにメラメラしている私と、食後のチョコボールを食べはじめる会長を、流奈さんが交互に見て言った。

「なんかふたり、仲良くなったねー？」

　私はテーブルに体を乗り出す。

「なにがどうなってそうなるんですか!?」

「……未来ちん、すごい顔してるよ」

「だって、なんで、どこからそんな感想が……」

「なんとなくだけど。未来ちん、感情出すようになったなあって思っただけ」

　流奈さんが言って、同意を求めるように副会長を見ると、副会長も目を閉じて頷く。

　ふ、副会長まで……。

　おそるおそる会長を見ると、なぜか勝ち誇ったような顔で私を見ているので、私はぴっと固まってしまった。

「人見知りなので……、やっと皆さんに慣れてきた、だけです」

「だそうです」

　からかうように会長に言われて、むっとにらめば、流奈さんにくすくす笑われる。

　な、なんか悔しい……！

いつのまにか、会長たちのペースに巻き込まれている。

ついていかないって、さっき心に決めたところなのに。

がくっと肩を落とした私は、それでもすぐに復活した。

今の私はひと味違う。

今の私には、楽しみなイベントがある！

自由な１日が待ってる！

会長のことは忘れて、フリーダムに楽しめる１日が！

……そう、思っていたのに。

会長はナイト？

　澄み渡るような晴天の、野外活動当日。

　お気に入りのパーカーとデニム、髪はポニーテールで、気合い十分。

　鼻歌まで歌いそうな気分で、たくさんのバスが待機する学校のグラウンドに着いた。

　みんな各々動きやすい私服を着ているので、新鮮な感じだ。

　こういうのも、わくわくする。

　クラスのバスを探して歩く途中、きょうちゃんと森川を見つけて駆け寄った。

「おっはよう！　いい天気だね！　楽しみだね！」

　自然とにこにこ、笑顔が溢れてきてしまう。

　２年になってからというもの、色々あって、そう、色々あって、クラスメイトからは微妙な距離を置かれていた。

　もともと友達を作るのが得意じゃないうえに、

『会長の周囲をうろついている謎の女』

　というレッテルを貼られた、今の私のハンデはすごい。

　こういうイベントで気さくに話しかけて、みんなと仲良くなるのだ。

　そういう、楽しい１日になるはず。

　それなのに。

「あー……、未来、いい笑顔だね」

　きょうちゃんは少し引きつった笑顔で、森川もなぜか、ちょっと気まずそうな顔。
「なになに、元気ない？　さては喧嘩でもした？」
　様子のおかしいふたりの顔を交互に見て聞くと、きょうちゃんは神妙な顔で言った。
「未来、ごめんね、私たちも知らなかったんだけど……」
　きょうちゃんの言葉に合わせて、森川がグラウンド中央を指さす。
　バスの周辺に、人だかりがあって妙に騒がしい。
　何事……？
　目を凝らしてすぐ、嫌な予感に襲われた。
「会長の私服、写真撮っちゃだめかな!?」
　私たちのすぐそばを走っていく女の子の、興奮したような声が聞こえる。
　空耳……？
　私は固まった笑顔のまま、きょうちゃんと森川を見つめる。
　ふたりは残念そうに首を横にふった。
　私はゆっくり、人だかりのほうに背を向ける。
　オッケーオッケー、なんとなくわかった。
　嫌な予感は、的中している。
　きっとね、してるよね。
　にわかには信じられないけど。
　でもまだ、決定的になにかを見たわけじゃない。
　そう、私はなにも見てないし、知らない。

「さ、C組のバスはどこかなっと」

　きょろきょろあたりを見渡して言うと、きょうちゃんが私の肩をぽんと叩く。

「未来、残念だけどうちのバス、あれ」

　きょうちゃんが指さす方向は、さっき森川が指さした方向と同じで。

「会長の私服ってマジ!?」

　またひとり、ふたり、女の子が私のそばを走り去っていく。

　向かう先は、人だかりのほう。

　つまり私たちの、バスのほう。

　春なのに、冷たい風が吹いたような気がした。

「え、もう会長バス入っちゃったの!?」

　C組のバスを見上げて、残念そうな声で言う女の子たち。

　その横で、私は担任に声をかけた。

「先生……」

「うわっ、なんだ桜田！　びっくりさせるな。気配なかったぞ今……」

「聞きたいこと、いっぱいあるんですけど、ひとつだけいいですか……？」

「いいけど、お前も早くバス乗れよ？」

　迷惑そうに言ってくる担任の顔を、恨めしく見つめる。

「なんでC組のバスに、生徒会長、ご乗車されてるんですか？」

「ああ、会長だけじゃないぞ、生徒会は３人ともだ」

　それはもはやどっちでもいい！

「だから、なんでうちのバスなんですか!?」

「欠席とか人数の兼ね合いで、うちが一番空いてたんだよ」

「なんですか、その不幸な偶然。先生、他のクラスのバスって、ちょっとは空きありますよね？　私そっち乗って、」

「さっきからなに言ってんだ桜田、早くバス乗れ」

　ぱっぱっと追い払う仕草をされて、現実を受け入れられないままバスに乗り込んだ。

　せめて奥の席にいてくれたら。

　こそっと前のほうに座っちゃえば、会わずにすむ。

　祈る気持ちでバスの中を見ると……。

　うん、最前列にいる。

　ブラウンのオーバーサイズパーカーに、黒いスキニーデニムの会長は、堂々と足を組んで鎮座していらっしゃる。

　わかった、私服姿がかっこいいのは認める。

　最前列の席ですごい存在感を放つ会長から、目を逸らして進もうとすると。

「あー！　未来ちん、こっちこっち」

　きた、流奈さんの悪気のない攻め！

　会長の後ろの席に座っていた流奈さんが、立ち上がって私を呼んだ。

「おはようございますー……」

　私はよろよろ、片手を挙げて応える。

　奥の席では、すでに隣同士に座っているきょうちゃんと

森川が私を見て合掌していた。

　成仏を祈るな……！

　半泣きになって立ちつくしていると。

「さっさと座れば」

　ついに会長本人が、会長の隣の席を指さして言うので、私はあきらめて席についた。

「えー！　未来ちん、流奈たちが同行すること知らなかったの？」

　バスが動きだすと、後ろの席から身を乗り出して流奈さんが言った。

　流奈さんの横、会長の後ろに座っている副会長は、バスの中でもなにやら本を読んでいるらしい。

「初耳です……」

「こういう日帰りのイベントは、先生のフォロー入れるように参加することになってるんだよ。てか、とーる！　なんで教えてあげなかったの？」

「おもしろそうだから」

　悪びれもせず言う、鬼。悪魔。

　私がルンルンしてるのを見て、ずっとあざ笑ってたんだ。

　ひどい……。

　涼しい顔で頬杖をつき、窓の外を眺めている会長をじっとにらむと、会長は横目で私を見て言った。

「楽しみだなー？　外でご飯」

「……今後、教えてください」

「なにを」

「生徒会の予定」

「べつにいいけど、未来って束縛するタイプ？」

　真顔で聞かれて、飲んでいたお茶をむせる。

　ゲホゲホしている私を見た会長は、愉快そうにくすくす笑い、

「じゃー、俺は寝るから」

　そう言って私の肩に頭を預けた。

　いつかの裏庭の時のように、びん、と背筋が伸びて、心臓がドドドドッと音をたてる。

　お願いだから、人前でこんなことしないでほしい……。

　といっても最前列なので、通路を挟んだ席に座っている担任以外には見えないけど。

　担任は驚いた顔で、こっちをめっちゃ見てるけど。

　あいかわらず会長は、ものの数秒ですやすやと寝息をたてはじめた。

　会長が触れている肩から、じわりじわりと熱が伝わる。

　嫌でも目に入ってしまう、整った寝顔と黒い髪。

　前に裏庭のベンチでこうした時は、まだプラチナブロンドだった。

『でも、会長ってあれ地毛らしかったのに、なんで黒染めなんかしたんだろ？』

　誰かが言っていた言葉を思い出す。

　太陽の下で見ると、きらきら光って透けて、きれいな色だった。

　お父さんかお母さんが、外国の人なのかな。

『ようやく俺に興味出てきたんだ？』

　会長に言われた心外な言葉が蘇って、なぜか頬が熱くなる。

　忘れたいのに、こんなふうに眠られたらどうしようもない。

「未来ちん、これ食べる―？」

　流奈さんが後ろの席から乗り出して、ポッキーの箱を向けてくれた。

「あ、ありがとうございます」

　そっと首を動かして、できるだけ小さな声で言うと、

「お、とーる、寝てるじゃん」

　流奈さんは、丸い瞳を優しく細めて呟いた。

「疲れてんだなあ」

「あの……、生徒会の仕事って、やっぱりけっこう大変なんですか？」

「まあ、そだね。でも今はまだマシ。校内イベントが近い時とかは、もーっと忙しいかな」

「会長は特に、ですか？」

「うんまあ、そりゃね。……なんで？」

　私は少し迷ってから、正直に言ってみる。

「いつも会長、あんまりよく寝るので。よっぽど大変なのかなって。……ちょっと、心配っていうか」

「あはは、未来ちんが素直だ」

「や、べつに深い意味はなく……！　ただ人として、心配

だなって思っただけで……！」

　あわてて言い訳じみたことを言うと、にっこり笑った流奈さんが、つん、と私を指さした。

「とーるは、お姫様守らなきゃだしね」

「お、お姫様……？」

「とーるにとってのね。とーるは未来ちん送って帰ったあと、学校戻って仕事してるんだよ」

「……え？」

　驚いて、ぱち、と瞬きをした。

「けっこう遅くまでいるよー、学校。で、朝、いつもより早く出てるでしょ、未来ちんのお迎えあるし。だからたぶん、睡眠時間短いんだろーね？」

「……そんなこと、ぜんぜん知らなかったです」

　私が呟いた時、副会長がぐいっと、流奈さんのツインテールを引っぱった。

「流奈、喋りすぎだ」

「へーへー」

　斜め後ろの席の副会長を振り返ると、眼鏡の奥の涼しい瞳と目が合う。

「透が、好きでやってることだ。桜田が気にすることじゃない」

「でも……」

「嫌じゃないなら、時々そうして肩を貸してやればいい」

　副会長はそれだけ言って、手元の本に目を落とした。

　そっと前を向いて、右肩で寝息をたてる会長の顔を見つ

める。

　副会長は優しい人だ。

　流奈さんが好きになるのも、わかる気がする。

　流奈さんも、優しい人だ。

　同性から見ても、かわいくて魅力的な人。

　……そして。勝手で強引で俺様な、会長も。

　きっと優しい人。

　だからいつも、どうしていいのかわからなくなる。

　子どもみたいにすやすや眠る、会長のそのおだやかな寝顔は、なぜか私の胸を締めつけた。

＊　＊　＊

「……おい」

　その声が遠くに聞こえた時、私はまだ夢の中にいた。

　もう何度も見た夢。

　泣いているお母さんと、幼い私。

　帰ってこないお父さん。

　私は祈るように繰り返している。

　お父さん、早く帰ってきて。

　お母さんが泣いてる、だから早く帰ってきてよ。

　早く目覚めたい、夢の中なのにそう思っていると、また遠くから声が聞こえた。

「起きろ」

　聞き慣れたようで、まだ聞き慣れない声。

「3秒以内に起きねーとキスする」

　私はぱちっと目を開けた。

　目の前、数センチ先に会長のきれいな顔があって、ぱちぱちぱちっと連続で瞬く。

「お、起きました！」

「遅い」

「近いです！　離れてください……！」

　あわてて言うと、会長は、ふん、とおもしろくなさそうな顔で私から離れた。

　いつから寝てたんだろう、私。

　ぼんやりする頭を、軽く揺すって目覚めさせる。

「早く行くぞ」

　言われてあたりを見回すと、バスの中にはもう誰もいなかった。

「あれ、みんなは……？」

「未来がぜんぜん起きねーからとっくに降りた」

「す、すみません……」

「べつに。集合時間、すぐだからさっさとしろ」

　わたわたとバスを降りる準備をする私を、会長は腕組みして待っている。

　肩、貸してたはずなのに、途中で寝てしまった。

　大丈夫だったかな。

　そっと様子をうかがうと、会長はすっきり目覚めた顔でバスの外を眺めていた。

　広いキャンプ場の炊事場で、私はひっそりため息をつく。

　両手には、にんじんや玉ねぎなどの野菜類。

　パイプテントが張られた広場からは、きゃっきゃと楽しそうにはしゃぐ声が聞こえてくる。

　朝一番に行われたオリエンテーションで、きょうちゃんと森川とは班が分かれてしまった。

　同じ班には、ほとんど話したことがない他のクラスの人ばかり。

　自己紹介をして、よろしくね、と笑ってはみたけれど。

「あの子って、会長の……？」

　そう囁かれて、瞬殺だった。

　同じ班の女の子たちが、会長ファンなんてついてない。

　野菜を流水で洗いながら、またため息。

　会長との噂のおかげか、さすがに去年のキャンプみたいに、男子に呼び出されてばかり、なんてことはないけど。

　会長との噂のおかげで、女子と仲良くなれそうにない。

　話せる人のいない野外活動なんて、ただただ退屈で寂しい。

　生徒会の３人は、先生たちのテントでなにやら忙しそうに、運営の手伝いをしていた。

　こうして離れて見ると、いつも近くにいてくれる３人が、すごく遠い存在に思えてくる。

　……そもそも、遠い存在だったんだけど。

　いつのまにか、あんな特別な３人を勝手に身近に感じてしまっていた。

　そのことに気づくと、さらに寂しくなってきて落ち込む。

　野菜を全部洗いきり、とぼとぼテントのほうへ戻ると、楽しそうに話していた班のメンバーは、心なしか静かになった。

　女子たちは白けた顔で、男子たちは気まずそうな顔。

　ああ、申し訳ないやら、腹立たしいやら。

「洗ってきてくれてありがとな！」

　この微妙な空気をどうにかしようと、男子のひとりが、私の持っているボウルを受け取ってくれる。

「ううん、切ろっか」

　私も当たりさわりなく笑って、作業に取りかかった。

　こんなことなら早く帰りたい、と心から思う。

　黙々と野菜を切っていると、隣で同じように野菜を切っていた女の子に声をかけられた。

「……桜田さんってさ、会長と付き合ってるわけじゃないって本当？」

　また、会長の話か。

　ため息をつきたいのをこらえて、こくりと頷く。

「付き合ってないよ」

「じゃあ、桜田さんに言われて髪染めたっていうのは？」

「それは……」

　私が頼んだわけじゃないけど、私のせいなのは確かで、言葉に詰まる。

　黙っていると、しびれを切らしたように彼女は言った。

「私たち、やっぱり納得いかないっていうか。髪が黒くなっ

たからって、会長が会長じゃなくなるわけじゃないけど。それが会長の意思じゃないなら嫌だなって」

　会長の変化に、こんなふうに一喜一憂する人がいるのは、当然のことだと思う。

　会長は、特別な人だから。

「調子に乗らないでほしいなって思ってる。みんな」

　調子に乗っているわけじゃないけど、そう言われても仕方ない気がして言い返せない。

　この子だけじゃない、色んな人が同じように思ってる。

　俯いて、きゅっと唇を噛んだ時。

「俺の意思だけど」

　背後から声が聞こえて、振り返るとそこに会長がいた。

　班のメンバーは、突然現れた会長に驚いて声を失っている。

　会長ファンの子たちも、私と話していた女の子も。

「……君、ファンクラブの子？」

　会長が優しい声で聞くと、女の子は頬を赤らめて頷く。

　会長に話しかけられた喜びと、とまどいとが入り混じった顔。

「俺が俺の意思で黒くしたんだ」

　会長がはっきりと言うと、周囲がしんと静まり返った。

「俺が、勝手にやったんだ。だめかな」

　女の子はぶんぶんと首を横にふる。

　会長はひとつ頷いて、まじめなまなざしを彼女に向ける。

「俺は君の意思を尊重する。俺を支持してくれることにも

感謝する」

　班のみんなも、他の班の人たちも、みんな黙って会長を
見ていた。

「だから、できれば俺の意思も尊重してほしい」

「…………、」

「ファンクラブの全員に頼んでるわけじゃない。ただ、今、
こうして話してる君には、頼みたい」

　会長の言葉を聞いた彼女は、涙目になって小さく頷く。

　見ている人みんなが、ごくりと息を呑むのがわかった。

「ありがとう」

　会長は優しくほほ笑んでから、くるりと私のほうを見る。

　私の手から包丁を、そっと奪ってまな板に置くと、

「ちょっと出るぞ」

　そう言って私の手を握り、そのままぐんぐんと歩きだし
た。

　広場から離れて、私たちは人気のない小道まで出る。

　会長は振り返り、私の顔を覗き込んだ。

「……ああいうの、よくある？」

　少し迷ってから、首を横にふる。

　手はまだ、つながれたままだ。

「直接言われることは、ほとんどないです」

「……本当かよ」

　私は頷く。

　それは本当だった。

　学校ではいつも、きょうちゃんと森川がそばにいてくれる。

　登下校の時は、会長がいるから誰も近づいてこないし。

　……そういえば。

　握られていた手をぱっと離して、心配そうに眉を下げている会長を見つめた。

「会長、」

「なんだよ」

「あの……、いつも私のこと家まで送ってくださったあと、学校戻ってるって本当ですか？」

「……流奈か」

　会長は呟いて舌打ちをした。

「生徒会の仕事、大変なんですよね？　送り迎えとかしていただいてますけど、もう、」

「べつにお前が気にすることじゃねーよ。目離したらこれだから、ひとりにできねーし」

「それなら私、きょうちゃんたちと帰るようにします」

　訴えるように言うと、心の中になぜかぼんやり、寂しさみたいなものが浮かんだ。

　でも、これが一番いいと思う。

　会長と私は立場が違いすぎる。

　ファンクラブの人が納得いかない気持ちも、わかる。

　……不適格？　うん、そういう感じ。

　会長がなぜ私に執着しているのか、わからない。

　一緒にいたって、会長にメリットがないことは確かなの

に。
「会長がいなくても大丈夫なように、行動しますから」
　会長の瞳は、以前と同じようにまっすぐ私の目を見ている。
　こうして見つめられると、私はこわくなってしまう。
　自分の気持ちが本当はどうなのか、わからなくなって。
「助けてくださって、ありがとうございました。戻りますね」
　笑って言って、踵を返す。
　歩きだそうとした時、ぱしっと右腕を捉えられて立ち止まった。
「未来の思考回路はだいたい読める」
「読まないでください」
「……俺なりにやってみるから、そんなこと言うな」
　ぽとりと落とすような声に、振り返ると切実な瞳と目が合った。
　だからなんで、そこまでして一緒にいようとするの？
　聞けない言葉を胸に抱いたまま、会長を見つめ返す。
「意味わかる？」
　会長の問いに、頷くことも首をふることもできない。
「守らせろって言ってんだけど」
　はっきりと言われた瞬間、涙が出そうになって俯いた。
　私の小さな考えや、くだらない卑下なんて。
　こうして簡単に、吹き飛ばされてしまう。
　会長は私の手を離し、ポニーテールの髪先に指を絡める。
「……未来の髪は、きれいな色だな」

物憂げに目を伏せると、ひとり言のようにそう呟いた。

ぎゅっと心臓を掴まれたように、胸が苦しくなる。

私の髪の色は、黒より明るいブラウンだ。

会長と同じで、地毛だった。

「……会長の髪のほうが、きれいでした」

俯いたまま小さな声で言うと。

「未来のが、きれい」

会長はそう言って、掬った髪先にキスを落とした。

その光景があまりに美しくて、時間が止まったような錯覚を起こす。

「どっち譲り？」

あまりに優しい声で聞かれたので、導かれるように声が出る。

「……お父さん、です」

「うん」

「知ってるんですか？」

「そんなことまで知らねーよ」

呆れるように笑った会長は、私の頭に手を乗せる。

「だって、私の情報はそろってるって……」

「それはまあ、生徒会長だからな」

「生徒会長って何者なんですか」

「生徒に関するある程度の情報が、ある程度手に入るのが生徒会長」

にやり、いつもの不敵な笑みを浮かべて会長が言うので、今度は私が呆れていると。

「でも、未来が話したことだけを俺は信じる」

　私の頭をくしゃ、と乱して、会長は言った。

「だから、未来が知ってほしいと思うことだけ、話せばいい」

　私の手を握り、来た道を歩きだす。

　前にも見た景色だな、と思う。

　私の手を取って、引っ張って、ゆっくり歩きだす会長の背中。

　会長は、普通じゃない人。

　近くにいるだけで、女子からは白い目で見られるし、おかげで友達はできないし。

　私が求める日常からは、どんどん遠ざかっていく。

　それなのに、この手をふりほどけない。

『守らせろって言ってんだけど』

　不躾に言われた言葉と、髪先へ落とされた唇。

　それが私の胸を、さっきからずっと揺さぶっていた。

キスされてしまいました

　野外活動のあと、私と会長の周囲は少し静かになった。
　ファンクラブの人たちの中で、どういう動きがあったのかはわからないけど。
「なんか最近、会長のファンクラブおとなしいね？」
「あー。２年の野外で、会長とファンがひと悶着あったらしいよ」
「えっ、あの子めぐって？」
「うん。なにがあったのかはよく知らないんだけど……」
「付き合ってるっつーよりは、会長がべた惚れって話らしいわ」
「えええええー!?　それマジなの」
「マジっぽい」
「てか、それで付き合ってないってどういう状況？」
「そんなこと知らないよ。本人らに聞けば？」
「聞けるか！」
　一風変わった噂がまた、流れていることは知っている。

　私もまた、一風変わった日々を送っていた。
「……副会長」
　生徒会室のテーブルにしばりつけられるように座って、向かいの副会長を見つめる。
「なんだ、桜田」

　副会長はじろり、にらむように私を見た。

　こわい。

　そもそもこの人、いつも表情なさすぎるんだ。

「あの……、この問題も、わかりません」

　もごもご言うと、私と副会長のあいだに冷たい風が吹き
ぬけた。

　流奈さんは、売店で差し入れでも買ってくると言って飛
び出したきり、まだ帰ってきてくれない。

　会長はこちらに見向きもせず、ノートパソコンを高速で
打っていて超仕事モード。

　ああ、生徒会室が寒い……。

　もうすぐ夏が来るっていうのに……。

　副会長は銀縁の眼鏡を外して、海より深くため息をつい
た。

「桜田は、どうやって２年になったんだ……？」

「えっと……、ギリギリ？」

「ギリギリどころの話じゃない！　２年の１学期の中間は、
ほぼほぼ１年の復習だ。１年間で一番楽な試験のはず……。
それが……、こんな基本問題もわからんとは……？」

「すみません……すみません……」

「謝ったって学力は上がらん！」

「はい……！」

　私は半泣きになりながら、こくこく頷く。

　無口でおだやかな副会長が、試験前は鬼になるなんて知
らなかった……。

　気を抜きすぎてた私が悪いけど、よくわかった。
　生徒会室で勉強なんてするもんじゃないってことだ……。

　かれこれ数日前のこと——。
「未来ちんって塾行ってないんでしょー？」
　流奈さんの、何気ないその言葉がはじまりだった。
「あ、はい」
「流奈たちも誰も行ってないんだよねー。来週の中間、未来ちんは余裕って感じ？」
「それが……、ちょっと」
「あらー、微妙なの？」
「はい……、実はかなり」
　途方に暮れて言うと、流奈さんは閃（ひらめ）いたように言った。
「じゃあ放課後、生徒会室で勉強したら？」
「ええ……っ」
　いいですいいです、と片手を思いきりふったけど、一度思いたった流奈さんは止まらない。
「とーるに教えてもらえば？　って思ったけど、とーるは勉強人に教えるのへただからな……」
　私はうんうん、と真顔で頷く。
　会長が人に勉強を教えている姿なんて、一切想像がつかない。
「やっぱそーすけだな、適任は」
「いやいや、悪いです、大丈夫です！」
「そーすけ教えるのうまいよー？　ちょいスパルタだけど」

「スパルタ……？」

「アホに免疫(めんえき)がないからさ。でもま、未来ちんなら大丈夫でしょ！」

「待ってください！　ちょっと自信ないかもです」

「いいからいいから、決まりっ！　そーすけには流奈から言っとく！」

　──そして、今、だ。

　普段はクールな副会長の、激しい貧乏ゆすりがこわい。

　なんでもっと勉強しとかなかったんだろう……。

「1年からやり直せ」

　私が解いた数学の問題を、あからさまに苛(いら)つきながら採点し終えた副会長は言った。

　赤字だらけの問題集を見て、私は両手で顔を覆う。

「おい透！」

「なんだよ」

「俺の手には負えない！」

「宗介なら大丈夫だ。俺は忙しい」

「お前の女だろうが、少しは手伝え！」

　女じゃない、女じゃない。

　無言で首を横にふっていると、仕事の手を止めた会長と目が合って、くすりとバカにするように笑われた。

　やっぱり嫌だ、この人たち！

　優しい人たち、だなんて思ったこともあったけど、前言撤回！

「桜田……、俺は少し、頭を冷やしてくるよ」

　副会長はそう言って、ふらりと立ち上がる。

「見捨てないでください！」

「すぐ戻るから……。採点結果、見ててくれ……」

　——ばたん。

　虚しい音をたてて生徒会室の扉が閉められると、会長とふたりきりになってしまった。

　沈黙の中、バツだらけの問題集に目を落としていると。

「……見せろよ」

　さっきまで副会長が座っていた向かいの席に、すとんと座った会長が言った。

　長い脚を組んで問題集に目を落とした会長は、くすくす笑いだす。

「ひどいな、これ」

「笑わないでください！」

　目に涙をためて訴えると、むにっと頬をつままれた。

「かわいい顔してんじゃねー」

「は!?」

「宗介はアホに免疫がないんだ。許してやれ」

　会長は私の頬をつまんだまま、にっと笑って言う。

「アホって……」

「未来はかわいいアホ」

「……嬉しくありません！」

「あっそう」

　楽しそうに笑った会長は、ブレザーのポケットから小さ

な箱を取り出すと。

「これ食べてせいぜい頑張れば」

　私の口に、イチゴのチョコボールを1粒入れて言った。

　突然のことに、体がカチンと固まってしまう。

　口内にはチョコの甘み、顔には熱が集まっていく。

　会長はまたくすくす笑って、

「だからかわいい顔してんじゃねーよ」

　そんなことを言うので、さらに顔が熱くなる。

　嬉しくない。

　かわいいなんて言われても、嬉しくない。

　ずっとそう思って、生きてきたのに。

　不覚にも、嬉しくなくない、そう思ってしまった。

　黒髪になった会長との、普通じゃない日々はまだ、はじまったばかりだ。

　副会長の鬼指導のおかげで、中間試験は赤点を取らずにすんだ。

　進学するつもりがないからといって、勉学をおろそかにしすぎていたな、と、反省しているうちに次の試験はやってくる。

　期末試験まであと1週間……。

　私たちの制服も、すでに夏のカッターシャツになっていた。

　それにしても中間と期末のあいだって、なんでこんなに短いんだろう。

「とにかく、今回は副会長のお世話になるわけにはいかないので、自力で勉強、頑張ります」

　１日の授業を終え、教室で帰り支度をしながらきょうちゃんと森川に宣言する。

「また教えてもらえばいいのに？」

　その気持ち、実は山々なんだけど。

「よく考えてみれば、生徒会の皆さんって３年なんだよね」

「うん」

「受験生だよね。私の勉強に構ってる時間なんて、本当はないと思うんだよ。期末はなんとか自力で乗り切りたい」

「うーん……」

　きょうちゃんと森川は、顎に手を当てて首をひねる。

「でもなんかあの３人に、受験生って言葉はしっくりこないよね」

「な。３年の中間の結果も、トップはあの３人だったし」

「全国模試でもずっと上位にいるらしいよ」

「なんか、必死な受験生とは違う気がするよな」

　そう言われてみれば、３人とも塾に行っていないと流奈さんは言っていた。

　必死に受験勉強をしている様子も、今のところない。

　それどころか３人の口から、進路に関する話を聞いたこともない。

　私に気をつかって話さないだけかもしれないけど。

　……あの３人がそんな気づかい、するだろうか。

　いまいち、謎めいていて掴み切れないところがある。

　会長は、特に。

「とにかくあと1週間、頑張るよ」

　ガッツポーズを両手で作って言うと、きょうちゃんが、はいはい、と笑って、

「まあ、期末終わったら夏休みだしね。いっぱい遊ぼうね」

　そう言ってくれるので、私の気分は一気に華やいだ。

　そう、夏休み！

　期末試験さえ終われば、こっちのものだ。

「そうだ、ふたりとも夏休み、試合、応援来てよ！　去年みたいに」

　森川の言葉に、うんうん！と返事をしながら教室を出た時。

「応援？　俺も行きたいな、森川くん」

　廊下の壁にもたれて私を待っていた会長が、にっこり笑って言った。

　クラスメイトや他の2年生たちは、こうして会長が来ることにずいぶん慣れてくれたらしく、今では前ほどの騒ぎにはならない。

「あれ、会長、今日お迎え早いすね？」

　森川がいち早く、会長に反応して返事をした。

「いつもなんだかんだ誰かに捕まるから」

「なるほどっす。あ、試合、よかったら会長も見にきてくださいね」

「うん。野球部は今年、なかなかいいとこまで行けそうらしいな。頑張れよ」

「あざっす」

　しっぽでもふるように、森川はにこにこ笑って頭を下げる。

　やっぱり、妙に仲良さげなんだよね。

　絶対なにかあったと思うんだよな……。

「じゃあ、きょうちゃん森川くん、また明日」

　会長が言うと、ふたりは「はーい！」と元気に返事をした。

　きょうちゃんはまだしも、森川はもう完全に、会長サイドに堕ちている気がする。

　会長となにがあったのか、今度問いつめる。決定。

　そんなことを考え込んでいると、

「期末前に夏休みの話なんて、余裕だな？」

　私の半歩先を歩く会長が言うので、私はしゃきっとして答えた。

「今回は、お手を煩わせません！」

「は？」

「中間の反省から、けっこう勉強してきたので！　今回は大丈夫です！」

「へえ……」

「なので、生徒会室には行かず、家で、自分で頑張ります」

　意気込んで言うと、会長は横目で私を見て、ふうん、と一言だけ。

　ふうんって。

　反応薄いな、と思いながらローファーに履き替えて、昇

降口を出ると外は雨だった。

　傘……、今日、持ってきてないや。

　梅雨に入ってから、天気予報の降水確率はあてにならない。

　置き傘、職員室で借りてこようかな。

　そう思ってため息をついた時。

「入れよ」

　会長がビニール傘を広げて、私を見て言った。

「え？」

「傘、ないんだろ？」

「いえいえいえいえいえ」

「なに、あんの？」

「いや、ないんですけど、大丈夫です。置き傘、借りてくるんで！」

　両手をぶんぶんふって言うと、会長はチッと舌打ち。

　……ひい。

「時間のむだ。早く行くぞ」

　くいっと腕を引かれて、簡単に傘の中に連れ込まれる。

　ざあざあ降りしきる雨音の中で、会長の香りがふんわり近くなって、途端に胸が苦しくなった。

　……距離、近いの避けたい。

　そう思っているのに、会長に抗えないままおとなしく、会長が差してくれる傘の中を歩きはじめる。

　私の肩が、会長の腕あたりに触れる。

「ありがとうございます」

　べつに、とそっけなく言った会長は、それからなぜかなにも言わない。

　傘の中では、心臓の音がいつもより大きく聞こえる。

　沈黙がたまらなくなって、私はついに口を開いた。

「あの……、会長は試験、余裕なんですか？」

「余裕だけど」

「副会長と流奈さんも、ですか？」

「余裕だろうな」

「……会長はもう大学とか、決めてるんですか？」

　きっと決まってるんだろうな、と思いながら聞くと、会長は少し黙ってから。

「とっくに決まってるよ」

　遠くを眺めるように、静かにほほ笑んで言った。

　それは珍しい表情だった。

　見たことのない、大人びて切なげなほほ笑み。

　色んな表情を、隣から見てきたつもりでいたけど。

　知らないことってたくさんある。

　……知りたいわけじゃないけど、うん。

「副会長も流奈さんも、決まってるんですかね？」

「さあ。ある程度は決まってんじゃねーの」

　興味もなさそうに答えた会長に、

「未来は就職？」

　唐突に聞かれて、私は一瞬声を失った。

「……生徒会って生徒の進路希望まで握ってるんですか？」

「アホか。んなわけねーだろ」

　よかった。

　私の中の生徒会のイメージは今や、スパイ組織と同等になりつつあるのだ。

「就職するつもりです」

　私は遅れて、会長の問いに答えた。

　私が小学生の頃にお父さんと離婚してから、女手ひとつで育ててくれたお母さん。

　楽をさせてあげたいし、そのために早く自立したい。

　進学したい気持ちがないわけじゃないけど、なによりその思いが強い。

「自分が働いてるイメージとかは、できないんですけど」

　呟くと、なんとなく心細い気持ちになってくる。

　進路のこと、卒業後の生活のこと。

　……会長たちと違って、まだまだ先のことなのに。

「なんでわかったんですか？　就職って」

「進学するつもりのやつが、あそこまで勉強サボらないだろ」

　ごもっともな見解で、私はずーんと落ち込む。

　就職にだって、内申は重要なのに……。

　ああ、期末、とにかく期末、頑張ろう。

　そう必死に自分を励ましていると、隣からくす、と笑う声が聞こえた。

「冗談だよ。２年のこの時期の成績で、進路はそう左右しねーし」

「本当ですか？」

「さあ。成績悪い時なかったからわかんねーけど」

　わかんないのかよ。

　心の中で突っ込んだ時、いつもの曲がり角まで着いた。

「濡れるし、家まで送る」

　会長は言って、アパートの下まで送り届けてくれる。

「ありがとうございました」

　立ち止まって同じ傘の中で向き合うと、心臓がきゅっとなった。

　歩いていた時より、距離がずっと近く感じる。

　雨音以外、なにも聞こえてこないから、ふたりだけの世界にいるみたいだ。

　会長は左手に傘を持ち換えて、スラックスのポケットからスマホを取り出した。

「スマホ」

「え……？」

「連絡先、交換」

「あ……、はい」

　私はあわてて、スカートのポケットからスマホを出す。

　そういえば、もう３か月以上も一緒にいるのに、連絡先さえ交換していなかった。

　流奈さんに呆れられたこともあったな。

　３年のフロアに行ったらなぜか怒られるし、なにかあった時のために、連絡先は知ってるほうがいいよね。

　そう思って連絡先を登録していたら、スマホに目を落とした会長が、ぽつりと言った。

「……勉強。ひとりでやるなら、連絡すれば」

「え……？」

「わかんねーとこあったら、教えてやらないこともない」

　　……気にかけて、くれてたんだ。

　　いつもどおり、なんか偉そうだけど。

「宗介のほうがよかったら、宗介の連絡先教えるか？」

　　会長らしくない謙遜の言葉に、私はかぶりをふる。

「会長が、いいです」

　　とっさに口走ってから、ぱ、と手で口を押さえた。

　　会長が目を見開いて私を見ている。

　　会長が、いいです……？

　　なに言ってんの、なに言ってんの、私!?

　　すかさず顔が火照っていくから、あわあわとあせる。

　　なんて言い訳しよう、必死にそう考えていると。

「宗介のスパルタ、そんなきつかったか」

　　会長が苦笑いで言ってくれたので、ぶんぶんと頷いた。

　　そう、副会長のスパルタは嫌だから……。

　　だから、会長が、いい。

　　……本当に？

　　混乱しながら自問自答している最中、ふと、会長の左肩が目に入る。

　　紺色のカッターシャツの色が、そこだけ濃くなっている。

　　ひどく濡れていると、ひと目でわかった。

　　まるで当たり前みたいに、私の右肩は濡れていない。

　　右肩どころか、どこも……。

　途端に泣きたいような気持ちになって、俯いた。

　いつも、みんなでいる時はあんなに偉そうなのに。

　ふたりきりになったら、どうしてこんなに優しいの。

「……じゃ、行くから」

　傘の中で聞こえてきた声に、はっと顔を上げる。

「待って……」

　思わずそう言ってしまった。

　引き止められた会長は、嫌な顔ひとつせず、じっと私を見つめて言葉を待っている。

　澄んだ瞳に見つめられると、ありがとう、その言葉が胸に詰まって出てこなかった。

　言葉をあきらめ、黙ったまま鞄からハンカチを取り出す。

　そっと会長の肩を拭った。

　もちろんこんなことで、乾くわけじゃないけど。

　せめて、少しでも。

　そう思っていると、ふと会長の手が、私の手を掴んだ。

「なんなのお前」

　射るような瞳で覗き込まれて、身動きがとれなくなる。

　雨音さえ、その瞳に吸い込まれるように聞こえなくなって。

　静寂の中、ゆっくりと気配が近づく。

　会長のやわらかな香りが、今までで一番濃くなる。

　気がつくと傘の中、ただ静かな世界で、あまりに優しいキスをされていた。

キスしてしまいました【SIDE透】

「期末前に夏休みの話なんて、余裕だな？」

　帰り道、からかうつもりで未来に言うと、未来は妙に張り切った声で言った。

「今回は、お手を煩わせません！」

「は？」

「中間の反省から、けっこう勉強してきたので！　今回は大丈夫です！」

「へえ……」

「なので、生徒会室には行かず、家で、自分で頑張ります」

　なるほどな。

　どうせ俺たち３年に気をつかっているんだろう。

　アホらしいけど、未来らしくもある。

　傘ひとつとってもそうだ。

　持っていないなら素直に、一緒に入れてと頼めばいいものを、未来は自分から絶対にものを頼まない。

「入れよ」

　傘を広げて言うと、目を見開き、おおげさに両手をふって、

「大丈夫です、置き傘、借りてくるんで！」

　そんなことを言うので、思わず舌打ちしてしまう。

　なかば強引に腕を引いて傘の中に連れ込むと、意外にもすんなり隣におさまった。

　最近の未来は、なぜか少しおとなしい。

　前までなら、俺がなにを言っても職員室まで走って置き傘を取りにいっていたはず。

　俺に見つかるのが嫌で、裏庭の薄汚い倉庫に隠れるくらいの女だ。

「ありがとうございます」

　俯いて小さな声で呟く未来が、かわいくて仕方ないと思う。

　素直に反応されるたび、内心で動揺してしまう。

　それからしばらく、未来は黙っていた。

　どうせなにか聞きたいことでもあるんだろう、と、未来のペースで口を開くのを待っていると、案の定、試験のことをたずねてきた。

　やっぱり俺たちに気をつかっているらしい未来に、試験は余裕だと教える。

「……副会長と流奈さんも、ですか？」

「余裕だろうな」

　だからお前が気にすることじゃない、そう言ってやろうか迷っていると。

「……会長はもう大学とか、決めてるんですか？」

　未来はぽつりと、そんなことを聞いた。

　試験だけじゃなく、進路のことまで気にしているとは思わなかった。

「とっくに決まってるよ」

　答えながら、なぜか少し笑ってしまう。

　一種のあきめから来る笑みだと、自分でもわかった。
「副会長も流奈さんも、決まってるんですかね?」
「さあ。ある程度は決まってんじゃねーの」
　さっきから、人のことばっかり気にしてどうすんだ、こいつは。
「未来は就職?」
　聞くと、未来は驚愕、という顔で俺を見て、
「……生徒会って生徒の進路希望まで握ってるんですか?」
　アホなことを言った。
　そんなわけないだろ、と一蹴する。
　でも、未来の家に父親がいないことは、生徒データを調べて知っていた。
　就職するつもりです、と未来は答える。
「自分が働いてるイメージとかは、できないんですけど」
　呟いて、ふと、心細そうな顔をした。
　そんな顔すんな、手が出そうになる。
　ただでさえ小さな傘の中に、ふたりきりだ。
「なんでわかったんですか?　就職って」
「進学するつもりのやつが、あそこまで勉強サボらないだろ」
　冗談で言ってみると、見るからに落ち込んだ顔をするからおもしろい。
　まじめなんだか不まじめなんだか、わからないやつだ。
　濡れるから、と、アパートの下まで未来を送る。
　傘の中で向き合うと、雨音に沈黙が漂った。

　湿気を孕んだ未来の長い髪が、やけに目につく。

　雑念をふりはらって、スラックスのポケットからスマホを取りだした。

「連絡先、交換」

「あ……、はい」

　未来の情報が入ってくるスマホに、目を落としたまま言う。

「……勉強。ひとりでやるなら、連絡すれば」

「え……？」

「わかんねーとこあったら、教えてやらないこともない」

　他の男に聞かれても、たまんねーし。

　まあでも宗介ならいいか、と思って、

「宗介のほうがよかったら、宗介の連絡先教えるか？」

　何気なく聞くと。

「会長が、いいです」

　そんなことを呟かれて、思わず目を見開いた。

　は……？

　ぱっと手で口を押さえている未来の頬が、ほんのりどころじゃない勢いで赤く色づいていく。

　……なんだこれ。

　お世辞？　俺がこわいから？

　俺がいい、なんて、未来が言うはずがない。

　本音じゃ、ないはずだ。

　未来に気がないことくらい、俺が一番わかっている。

「宗介のスパルタ、そんなきつかったか」

　苦笑いして聞くと、未来はやっぱり勢いよく頷く。

　……ほらな。

　俺がいい、じゃなくて、宗介は嫌、そういうことだ。

　俺はむだがきらいだから、むだな期待はしない。

　未来は、俺に気がない。

　自分に言い聞かせて、なぜか俯いている未来に言う。

「……じゃ、行くから」

　すると未来がぱっと顔を上げて、

「待って……」

　俺を引き止めるように言った。

　未来は、自分の気持ちを言葉にするのが苦手な女だ。

　言いたいことがあっても、考えて考えて、黙ってしまうところがある。

　今もとまどったような顔で、なにも言いださない。

　それでもじっと、未来の言葉を待っていると。

　未来は黙ったまま、鞄からハンカチを取り出した。

　なにをするかと思えば、俺のほうへと手を伸ばし、俺の左肩をそっと拭く。

　黙ったまま、葛藤するような顔で拭き続けるから。

「なんなのお前」

　思い上がりたくない、そう思うのに、未来の手を掴んでしまう。

　目の前の女の一挙一動に、いつもふり回されている。

　未来は眉を少し下げ、困惑したように俺を見つめていた。

　期待させるようなことして、こまってんじゃねーよ。

　雨音をかき消すような衝動が、俺を襲う。
　気づいた時には、未来の唇に触れていた。

　雨の中、来た道を引き返して学校に戻る。
　バンッと生徒会室の扉を開けて中に入ると、テーブルには宗介と流奈がいた。
「桜田は、今回は勉強しに来ないのか？」
「未来ちんと勉強したーい」
「……今回はひとりでやるんだと」
　俺は投げやりに言って、窓際の会長席にどかっと座る。
「とーる、ご機嫌ナナメ？」
　流奈がうかがうように聞いた。
「べつに」
「うっそだー。未来ちんとなんかあったんでしょ？」
「流奈、うるさい」
「だーって顔に書いてあるんだもん。どしたの？」
「喧嘩か？」
　宗介にまで聞かれて、俺はがくっとうなだれた。
「あいつは、わかんねー女だ」
「未来ちん？　意外とわかりやすいよ？」
　流奈が顎にひとさし指を当てて言う。
「どっこがわかりやすい……」
　吐き捨てるように言って、机に両脚を乗せた。
　確かにわかりやすいところはある。
　頑固だけど単純だし、無愛想だけど純粋だし。

「あ゛ーー。抵抗しない女ってなんなんだ……」

　頭をチェアの背もたれに預け、目を閉じる。

「えええ、とーる、未来ちんになにした!?」

「べつになんもしてねー」

　したけど。キス。

　あーあ、ついに手、出たな俺……。

　つーか、あんなもんキスに入るか？

　表面が触れただけだろ。

　でも未来のことだから、初めてだったかもしれない。

　嫌がるでも怒るでもなく、夢の中のような虚ろな瞳で、俺をぼんやり見つめていた。

　なんで抵抗しなかったんだよ。

　怒ったり泣いたり、普通、あるだろ。

　わかりやすいようで、肝心なところはわからない。

　ただひとつわかるのは、そんな女を自分が、とめどなく好きになっていくことだけだった。

夏休み前日、喧嘩上等

「……あんた、すごいね」

　廊下に貼り出された期末試験の結果を見上げて、きょうちゃんが言った。

　自分でも驚いてしまう。

　中間試験から大幅に点数を上げた私の名前は、なんと学年30位に記載されていた。

「今回はひとりで勉強したんでしょ？」

　私はこくりと頷く。

　……必死だった。

　傘の中で掴まれた手の熱と、触れた唇のことを、思い出さないようにとにかく勉強机に向かった。

　わからない問題があっても、会長に連絡なんてできるはずもなく、ひとりで必死に。

　ただただ記憶をかき消すように。

　だけど会長はあの日以降も、何事もなかったようにいつもどおりだった。

　混乱しているのは、私だけで……。

「弄ばれているか、弄ばれているか、弄ばれているか、のどれか」

「なんか言った？」

「なんにもない……」

「てか、あいかわらず生徒会の皆さんはすごいね」

　きょうちゃんが指さした先には、３年の期末試験の結果
が貼り出されている。

　１位　神崎透

　２位　蒼井宗介

　３位　山中流奈

　神崎透、その名前を見て、私は深いため息をついた。

　人にあんなことしといて、自分は軽々と１位取るなんて、
ずるい。

　余裕って言ってたけど、それでもずるい。

　会長は普通じゃない、とつくづく思う。

「……なんで私なんだろう」

　ぽつりとこぼれた本音が、寂しげにひびいた。

＊　＊　＊

　夏休み開始まで、あと数時間。

　生徒たちの声でざわめいていた体育館も、生徒会長の登
壇で一気に静まり返る。

　お約束、お約束。

　心の中で呟いて、ぼんやりステージを見上げた。

「黒髪クールな会長の初ステージ」

「遠くから見る黒髪かっこいい」

「キラキラだった頃も恋しいけどねー」

　こそこそと話す声が、どこからともなく聞こえてくる。

　３か月と少し前、鮮やかなプラチナブロンドの髪にブレ

ザー姿の会長は、今日と同じようにステージに立っていた。

　あの時は、他人だった。

　なにもかも知らない人だった。

　でも。

　俺様な態度も、身勝手な性格も、好きな食べ物も……、優しいところも。

　今は、少し知ってる。

　それなのに、ここから見る会長はとても遠くて、当然だけど目さえ合わない。

　だからどうってこと、ないけど。

「１年の、もう約３分の１が過ぎました。皆さんどんな１学期でしたか？　……という反省は、各々でしていただくとして。終業式が終わったら、夏休みです」

　会長は、夏休みの注意事項をいくつか述べ、体育館全体をゆったりと見渡した。

「高校１年の夏も、２年の夏も、３年の夏も一度きりです。羽目を外しすぎず、でもしっかり、楽しんでください」

　講演台の前で一礼すると、体育館はお約束の拍手で溢れ返る。

「会長ってこういう時、本当いいこと言うよね」

　振り返って言うきょうちゃんに、私は苦笑いで答えた。

　教室に戻ってホームルームを終えると、いよいよ夏休みがはじまる。

「おーし、夏休みだー！」

　森川がぐーんとのびをして、嬉しそうに言った。

「森川は一生部活じゃん」

「それがいいんだろー？」

「本当、野球馬鹿」

　きょうちゃんが呆れて言うので、あははと声をあげて笑
う。

「ふたりはバイトするんだっけ？」

「うん！　アイス屋さん」

　夏休みのあいだだけ、私ときょうちゃんはバイトをする
ことになっていた。

　普段はできないことをする。

　これも、夏休みの楽しみのひとつだ。

「バイトもいいけどふたりとも試合、応援頼むよ」

　きょうちゃんと頷くと、

「未来は、会長も一緒に」

　わざわざご丁寧に森川は、言った。

「ずっと聞こうと思ってたんだけどさ、森川っていつ会長
のファンクラブ入ったの？」

「いや、入ってないけど……」

　馬鹿正直に答える森川の肩を、軽くグーパンチ。

「じゃなくて、なんか会長に懐いてない？」

「え？　べつに懐いてないって」

「本当？　なんか餌付けでもされたんじゃないの？」

　チョコボールのイチゴ味とか。

「されてないって」

　苦笑いして答える森川に、疑いの眼を向け続けていると。
「それより未来はどうなんだよ、会長と」
　思いもよらず切り返されて、うっと言葉に詰まった。
「どうって、なにも……」
「俺の女になれ、から、なんもなし？」
　なんも、なしでは、ない。
「未来、その沈黙超あやしいわ」
　きょうちゃんに横槍を入れられて、あわあわと赤面する。
　だめだ、やっぱり思い出してしまう！
「きょうちゃん、落ち着いたら話すから、今は……！」
「はいはいわかった。森川は部活、時間大丈夫なの？」
「あ、やばい、行ってくる」
　森川はスポーツバッグを肩にかけ、じゃーなー、と手を
ふりながら、バタバタと教室を出ていった。
「未来は？　お迎えは？」
「あ、さっき連絡あってちょっと遅れるって」
「あれー、いつのまに連絡先？」
「前から！　前から聞いてた！」
「へえ……？　まあ、その話は今度ゆっくり。会長来るの、
一緒に待とうか？」
「ううん、大丈夫！」
「そう？　じゃ、また連絡する。バイト頑張ろうね！」
　教室を出ていくきょうちゃんに手をふり、ふう、と息を
ついてスマホを見た。
　会長から追加の連絡が来ていないことを確認して、トイ

レに行くことにした。
　トイレに向かって廊下を歩いていると、曲がり角の向こうから声が聞こえてきて、立ち止まる。
「マジで生徒会長のファン、うぜーわ」
　知らない男子生徒の声だった。
「会長挨拶のたびに大騒ぎされたら堪んねーよな」
　すぐにべつの声が聞こえてくる。
「つーか今日の挨拶も、むだにかっこつけたこと言っててウザかったな」
「女子は喜んでたけどな」
「教師も会長には、好きにやらせたい放題だしなー」
「そりゃまあ、当然っしょ」
「あー……、お家柄ね」
　冗談ぶって囁かれる、悪意に満ちた言葉たち。
「学校に莫大な寄付をする、大企業のひとり息子！　そりゃ教師も文句は言えねえよなー」
「つーかそもそも、コネ入学らしいし？」
「教師買収して、成績上げてたりして」
「ありえる」
「それで生徒会長とか言われてもなー」
　私はちゃんと立ち止まっていたはずだった。
　それなのに、気がついた時には曲がり角を曲がって、
「……なに？」
　廊下でたむろしている、見知らぬ男子生徒たちの前に立ちはだかっていた。

　怪訝そうに私をにらむ３人の顔を、じっと見据えて私は言う。

「……撤回してください」

　自分でも驚くほど低い声だった。

「は？」

　３人組の見知らぬ男たちは、顔を見合わせる。

「あーこいつ、あれだろ、２年の桜田未来」

「誰だよそれ」

「ほら、生徒会長の」

　示し合わせたように、３人はへらりと笑うと。

「……会長の犬が、なんか用？」

　茶髪の傷みの目立つ男が、挑発するように私を見て聞いた。

　だけど私は怯まなかった。

「さっきの言葉、撤回してください」

　言葉が自然と、喉から出てくる。

「さっきのって……、あー、コネと教師買収の話？」

　全部だよ。

　その言葉を飲み込んで一度だけ頷くと、男は嘲笑を浮かべて首をかしげた。

「あんた証拠でも持ってんの？　生徒会長が、コネ入学してなくて教師買収してないって、証拠」

「証拠なんてありません」

「あ、ないんだ？　ないなら自由じゃね？　なに言っても」

「会長は、そんな人じゃないので」

「んなこと俺らは知らねーし。ただの目立ちたがりのボン
ボンだろ？」

　鼻で笑われて、きゅっと唇を噛んだ。

「勝手なこと、言わないでください」

　声が震えていた。

　こみあげるのは恐怖じゃなく、悔しさと怒りだ。

「ねえ桜田サン、それこそ有名税ってやつじゃん？　甘ん
じて受け入れろって感じだから」

　そう言われて思い出したのは、野外活動でのことだった。

　私を責めたファンクラブの女子を、まっすぐ見つめた会
長の顔。

　どこまでも真摯に、１対１で彼女に向き合った会長。

　自分に向けられている想いを傷つけないよう、怒らず騒
がず、正しく私を守ってくれた。

　ただの目立ちたがりのボンボン。

　私だって、ずっとそう思ってた。

　そう思ってたのに。

『嫌でも慣れちゃうよねー』

　流奈さんが、笑いながら口にした言葉がよぎる。

『特にとーるは。髪も天然であれだから、ちっちゃい頃か
ら目立ちたくなくても目立っちゃってたし』

　いつのまにかきつく握っていた手の力が、さらに強く
なった。

　ああ、くそ、守る言葉が見つからない。

　どうやって会長を守ったらいいのか、私にはわからない。

「あんたもさ、ちょっとかわいくて会長に選ばれたからって、調子乗らないほうがいいんじゃね？」

　茶髪の男に髪先をさわられて、体がびくっと震えた。

「有名税で、女子にいじめられても知らないよー？」

　触れられた場所から、嫌悪感がとめどなく溢れてくる。

　会長に触れられた時と、ぜんぜん違う。

「私はべつに、どう言われてもいいです。でも、会長のことはやめてください」

「だからー、」

「見苦しいので」

「は？」

「見苦しいので、やめてください」

　自分の声じゃないような、温度のない声だった。

　ああ私、本気で怒ってるんだ。

　そう思った。

　もう話は聞かなくていい。

　この人たちにこれ以上、言葉をつくす必要がない。

　教室に戻ろう。

　そう思って振り返った時。

「未来！」

　呼ばれた声に、驚いて目を見張った。

　廊下を走ってこっちにやってくるのは、他でもない会長だ。

　３人の男は不快そうに顔を歪め、会長とは逆方向に廊下をだらだらと歩きだす。

「探した」

　深刻そうな顔で私を覗き込む会長に、

「生徒会長が、廊下走ったらだめじゃないですか」

　いつもどおりを努めて言った。

　会長はちらり、去っていく男たちの背中を見て聞く。

「なにがあった？」

「なにもないですって」

　これもいつもどおり、答えたつもりだったけど。

　会長があんまり心配そうな顔をするので、こらえきれず笑ってしまった。

　笑うと、目に涙が浮かんで。

「未来？」

「な、なんにもないです」

　涙がこぼれないように、ぐっと奥歯を噛んで首をふる。

　なんでいつも、現れてくれるの？

　なんでいつも、気づいてくれるの？

　決まって私が、泣きそうな時。

　ただならぬ私たちの雰囲気を察した周囲が、ざわつきはじめるのがわかる。

　だめだ、こんなとこで泣いたら。

　それこそ会長が泣かせているみたいになってしまう。

　本当に大丈夫、そう言って笑おうとした時、会長は私の手を強く握って、足早に歩きはじめた。

「あ、ただの痴話喧嘩ですから」

　爽やかな笑顔で、バカみたいなことを周囲に説明して、

ぐんぐん廊下を歩いていく。

どこ行くんですか？

そう聞こうとしたけど、喉が震えて、涙が出そうになって聞けなかった。

会長は私の腕を掴んだまま、乱暴に生徒会室のドアを開けた。

テーブルで談笑していた副会長と流奈さんが、私たちを見て固まる。

「なに、どしたの、とーる」

「悪いけどふたりとも、外してくれる」

会長が冷たい声で、ふたりに言った。

副会長と流奈さんは顔を見合わせ、なにも聞かずに生徒会室を出ていく。

付き合いが長いんだな、と思うのはこういう時だ。

会長は私をテーブルまで連れていき、そっと椅子に座らせると、長いため息をついて隣の椅子に腰かけた。

横向きに座って、体ごと私のほうを向く会長。

……怒ってる、のかな。

おとなしく教室で待ってなかったから。

会長は私を観察するように見つめたまま、静かに聞いた。

「……あいつらに、なに言われた？」

「なにも」

私が首を横にふると、こまったように眉を下げ、私の顔を覗き込む。

「じゃあ、なんで泣きそう？」

　声も瞳も、ひどく優しくて。

　怒ってるなんて、そんなわけない。

　会長はすぐに怒るけど、人が悲しんでいることを見過ごしたまま、頭ごなしに怒ったりしない。

　会長のこと、ぜんぜん知らないけど、知ってる。

　少しはちゃんと、知ってるつもり。

　それなのに、なにも言えなかった。

　なにも、言い返せなかった。

『ちょっとかわいくて生徒会長に選ばれたからって、調子乗らないほうがいいんじゃね？』

　あんな言葉、どうだっていい。

　べつに傷つかない。だけど。

『守らせろって言ってんだけど』

　会長は野外活動の時、そう言ってくれたのに。

　そして私を、いつだって守ってくれるのに。

「……守れなかった」

　声を絞り出すと、こらえていた涙がぼろりとこぼれた。

「なにを」

「ごめんなさい」

「未来、ちゃんと話せ」

　会長の声に、泣きながら首をふることしかできないで、もう一度、ごめんなさい、とこぼれそうになった声が。

「……っ、」

　掬い上げるようなキスに、阻まれて消えた。

　ゆっくり唇を離して、またすぐ慰めるように角度を変えて口づける。

　重なる唇に落ちた涙の水滴を、慈(いつく)しむように舐め取る。

　そのまま、こつんと額を合わせて、会長は囁いた。

「なにを、守れなかった？」

　幼い子どもに言って聞かせるような声に、頷く。

「会長のこと」

　震える喉で息を吸い、ようやくひとつ、答えた。

　答えた瞬間、また一粒涙が落ちた。

　ダークブラウンの瞳に見つめられたまま、ふたたび唇を重ねられる。

　慣らされるようなキスの温もりに、強張っていた体の力が抜けていく。

「なんで、未来が俺を守んの」

　会長は私を抱きしめ、私の頭に顎を乗せて聞いた。

「守りたかった、から」

　涙で濡れた声で、答えにならない答えを返すと、頭上で会長がくすくす笑いだした。

　笑いごとじゃない、本当に悔しかったのだ。

　ありふれた、心ない言葉だってわかってる。

　ただの嫉妬から来る言葉だってことも、わかる。

　だけど許せなかった。

　そういう声に、会長がいくら慣れていたとしても、許せなかった。

「未来は、アホだなぁ」

　会長がしみじみと、噛みしめるように言う。

「……おとなしく、守られとけばいいのに」

　すべてを察しているような、会長の声。

　彼らになにを言われたか、なにも説明していないはずな
のに。

　本当に、なんでそんなに、わかってくれるの？

　嬉しいのか切ないのか、わからないまま笑ってしまった。

「なに笑ってんのお前」

　会長が私を抱きしめたまま不服そうに言うので、さらに
笑ってしまう。

　さっきまで、あんなに泣いていたのが不思議なくらい。

　だけど、会長の香りと体温に包まれていると、原因不明
の涙がまた溢れてきて。

　私は泣いたり笑ったりを、会長の胸の中で繰り返す。

　私が落ち着くまで、会長はじっと私を抱きしめていた。

　泣き疲れて、ふらりと会長を見上げると、

「ん？」

　どこまでも甘い瞳で見下ろされるから、胸が震える。

「なんだよ」

　優しく笑われれば、震えた胸が沁みるように痛くなった。

　どうして私なの？

　会長はどうして、私なんかを選んでくれたの？

　何度も繰り返してきた疑問が、飽きもせず浮かぶ。

　だけどもう、こわくて聞けない気がした。

「……そろそろ、帰るか」

　呟く会長に、私はこくりと頷く。

　椅子から立ち上がると、子どもみたいに泣いたことや、慰めるように何度もキスをされたことが、途端にはずかしくなった。

「明日から、夏休みですね？」

　ごまかすように言うと、会長はのびをしながら頷く。

「なんか1学期、あっというまだったな」

「……会長は塾とか行くんですか？」

「塾なんて行くひまねー」

　後ろ髪をかきながら、だるそうに会長は答えた。

　塾に行かないのに忙しいって、なにかあるのかな。

「未来は？　なんかすんの、夏休み」

「あ……、はい。私はバイトします」

「安全なとこ？」

「安全な公園の、安全なアイス屋さんです。去年も同じ店でさせてもらったし、きょうちゃんも一緒なので、けっこう安心です」

「ならいいけど」

　そんな話をしながらふたり、生徒会室を出たら。

「あ……」

　生徒会室のドアのそばに、副会長と流奈さんが座っていた。

「お前ら……」

　会長がじろり、ふたりをにらむと、流奈さんが首をすくめる。

「あらー？　なんか大丈夫そうな雰囲気？」

「悪いな桜田、中に鞄を置いたままだったんだ」

　床から立ち上がった副会長が淡々と言うので、私はふたりに頭を下げた。

「すみません、外で待たせたりして……」

「そんなんぜんぜんいいってー！」

　普段以上ににこにこ笑って、流奈さんが両手をふる。

　会長は短く、ため息をついて聞いた。

「……で、聞いてたのか？」

「ええっ!?」

　副会長と流奈さんより早く、私のほうが反応してしまう。

「ここのドア分厚いから聞こえないって！」

　流奈さんがぶらぶらと手をふって言って、ちらりと私を一瞥する。

「おアツかったのかもしんないけど？」

　私はちぎれるんじゃないかと思うくらい、激しく首をふった。

　みるみるうちに、顔が熱くなっていく。

「とーる、なに、未来ちん超かわいいことになってんだけどー？」

「未来がかわいいのはもとからだ」

　さらりと答える会長に、私はまた噴火する。

「か、かわいくな……、」

「ちょ、聞いた？　そーすけ。ガチでおアツいっぽいんだけど、この人ら」

　副会長までにやりと笑って、みたいだな、と頷く。
「あーあ、未来ちんがかわいい」
「ちが、かわいくな、」
「だろ？」
「だろって、とーるのもんじゃないから！」
「俺のもんだから」
　またしてもさらっと言う会長に、流奈さんがきゃーと騒
ぐ。
「生徒会室でなにしてたのさあー!?」
　ちらりと私を見た会長は、瞳を片方だけ細め、薄い唇を
少しゆがめて、不敵な笑みを浮かべて言った。
「なんだろうな？」
「…………っ!!」
　ぎゅっと心臓がちぢまって、私は思わず、会長の腰をグー
で殴ってしまった。
「ぜんぜん痛くねー」
　会長が言うと、流奈さんがきゃっきゃと楽しそうに笑う。
「宗介と流奈はさっさと鞄、取ってこい。帰るぞ」
　そして４人で、長い廊下をゆっくりと歩きはじめた。
　そういう、騒がしい、夏休み前日のお話。

会長は過保護です

夏休みのはじまりはじまり

　夏休みも、朝は早い。

　リビングのふたり掛けテーブル、私の向かいに座ったお母さんは、まだ眠たげな顔でトーストを齧っている。

「はあ、本当、朝っぱらから暑いわね……」

　テレビのニュースは連日の猛暑を伝えていた。

「アイス屋さん、繁盛してるでしょ」

「してるねー。去年よりぜんぜん、忙しい」

　私もトーストを齧って答えると、お母さんは私をじっと見つめて言った。

「未来、去年も言ったかもしれないけどさ……。せっかくの夏休みなんだから、バイトばっかりしてないで遊びなさいよ」

　黒いストレートのロングヘアーに小ぶりなピアスを耳に着け、サマースーツをびしっと着込んだお母さんは、娘の私から見たって美人だ。

　シャープな輪郭に、大きな瞳と長いまつげ、なめらかな白い頬に、ふっくらとした唇。

『未来ちゃんは、お母さんに似て本当にかわいいねえ』

　幼い頃から、言われ続けた言葉だ。

「べつにあんたのバイト代なんてあてにしなくても、生活余裕なんだし」

「わかってるよ。ていうか、きょうちゃんも一緒だし、楽

しいの。バイト」

「……ならいいんだけどさ」

「バイトなかったら、夏休みなんてひまなだけだよ？」

　ため息をついてみせると、コーヒーを一口啜ったお母さんに、

「彼氏は？」

　唐突に聞かれて、トーストを喉に詰まらせた。

　ゴホゴホ咳き込みながら答える。

「そんなのいません」

「え、そうなの？　あの子は？」

「あの子って？」

「ほら、あのすんごいイケメンの、派手な髪色の……。あ、最近黒くなったか。とにかくモデルみたいな子」

　今度はコーヒーを吹きそうになる。

「な、んで知ってるの……？」

「学校あった時は、毎朝迎えにきてたじゃん、曲がり角のとこ。あの子、未来のこと待ってたんじゃないの？」

「……そうだけど、彼氏じゃない」

「はーん、彼氏じゃない男に毎朝迎えに来させるって、あんたさすが私の娘だね」

　にやりと笑うお母さんをにらみ、マグカップをドンとテーブルに置いた。

「お母さん、時間」

「やだこわい子」

　お母さんはおどけた顔で立ち上がり、バタバタと出かけ

る準備をはじめる。

「お皿、私が一緒に持ってくから置いといていいよ」

　食器を片付けようとするお母さんに言うと、赤いリップの唇をきゅっと持ち上げて笑った。

「ありがと。本当、バイト、無理しちゃだめよ?」

「わかってる」

「ちゃんと勉強もするのよ?」

「うん。シフトだって、毎日毎日入れてもらえるわけじゃないし」

　お母さんは眉を下げ、短くため息をつくと、

「まったく未来は、誰に似たんだろうね」

　ぽつり呟いてから、いってきまーすと元気よく出ていった。

　残された私は、テーブルの上で頬杖をつく。

「お母さんに決まってるじゃん」

　ひとりのリビングで、呟いた。

「えっ、会長と連絡取ってないの!?」

　アイス屋の店先で、淡いピンク色の制服を着たきょうちゃんが声を張り上げた。

　きょうちゃんの隣でお客さんを待つ私も、同じ制服を着ている。

「なんで?　連絡先交換してるんでしょ?」

「してるけど……今まではお迎え遅れるとか、そういう事務的なやりとりしかしてなかったし」

「あんたら本当に高校生？」

　心底呆れた、というようにきょうちゃんが顔をしかめる。

「もう夏休み、半分過ぎたんだよ？　いいの？」

「いいの？　って言われても……。べつに連絡取り合う関係でも、ないし」

　小さな声で言うと、きょうちゃんは息が続く限りのため息をついた。

「長い長い、ため息長いよ」

「長くもなるわ！」

　ちょうどお客さんが来たので、私はせっせと接客に逃げる。

　昨年の夏休みも雇ってもらった店なので、仕事自体は慣れたものだ。

「カップとコーン、どっちにされますか？」

　お父さんらしき人と手をつないだ小さな女の子に、にっこり笑って聞く。

　コーン、とはずかしそうに答えた女の子に、バニラアイスをそっと手渡した。

「落とさないように、気をつけてね」

「ありがとう」

　女の子は屈託なく笑い、お父さんに手を引かれて去っていく。

　こちらを振り返って手をふってくれる女の子に、にこにこ笑って手を振り返していると、きょうちゃんがずいと真顔で近づいてきた。

「呑気にアイス売ってる場合か？」

「仕事、仕事」

　苦笑いして言うと、きょうちゃんはやれやれ、首をふる。

「バイト終わり、メッセージ。入れろ」

「いやいやいや……。なんか夏休み忙しいって、前に言っ
てたし」

「だからってメッセージくらい見れるし、送れるでしょ」

「いやあ……」

「会長も会長だよね。俺の女になれとか言っといて、夏休
み放置って……、あそうだ。他の生徒会の人たちと会う予
定とかないの？」

「ない。っていうか、副会長も流奈さんも、連絡先知らな
いや」

「なにそれ、つまんない……」

　がっかりするきょうちゃんを置いて、アイスの補充に向
かう。

　副会長も流奈さんも、きっと忙しいんだろうな。

　毎日のように一緒にいたから、あの騒がしさが恋しくな
いといったら嘘だ。

　……流奈さんの連絡先くらい、聞いとけばよかったな。

　冷凍庫からアイスを取り出しながら、ため息をついた。

　休憩時間、バックヤードでアイスを食べながらぼうっと
していると、ポケットの中のスマホが鳴った。

　慌てて取り出し、画面を見ると着信だった。

　……なんだ、会長じゃない。

　表示された未登録ナンバーを見て、がっかりしてしまった自分に動揺しながら、通話ボタンを押す。

「……もしもし？」

『もっしもーし、未来ちん？』

　スマホ越しにも明るくひびくその声に、暗くなりかけていた気持ちがぱっと明るくなった。

「流奈さん!?」

『おー、なんか久しぶりじゃん？　元気かい？』

「元気です！　流奈さん天使です！」

『おお、いきなりどうした？　暑さで頭やられちゃってんのかな？』

「ふふ。お久しぶりです、流奈さん」

『なんだなんだ、素直だね？　寂しくしてたんだ？』

「はい」

　正直に頷くと、流奈さんがきゃっきゃと笑う。

『流奈も未来ちんに会えなくて寂しかったよーん。だからとーるから番号聞いちゃった。勝手にごめんね？』

「ぜんぜんです！　私も聞いとけばよかったなあって、思ってたところだったので」

『そかそか。あっ、てか聞いたよー？　未来ちん今、アイス屋さんなんだって？』

　くすくす笑って、はい、アイス屋さんです、と答えると。

『ちょーどアイス、食べたい気分だったんだよねー』

　そんなことを言ってくれるので、思わずぽろりと気持ち

がこぼれた。

「……流奈さん大好きです」

『はいはい、流奈も大好きですよ?』

　どれだけ少女的な顔立ちで、どれだけ無邪気でかわいくても、流奈さんは年上のお姉さんなんだなぁ、と実感する。

　華やいだ気持ちで仕事に戻り、2時間ほど経った頃、流奈さんは店頭に現れた。

「流奈さんが来ましたよおー」

　両手をふって笑う彼女の、可憐なツインテールは夏休みも健在。

　丈の短い鮮やかなオレンジ色のワンピースが、アイドルみたいによく似合っていた。

　隣にはなんと、副会長もいる。

　半袖のカッターシャツにチノパン、というスタイルは、ものすごく副会長っぽい。

　真夏でも涼しげな人だ。

「あ、きょうちゃんも、こんにちはー」

　流奈さんがきょうちゃんに挨拶すると、きょうちゃんは「いらっしゃいませ」と笑って軽く頭を下げた。

「会長は?」

　きょうちゃんに耳打ちされて、私は小さく首をふる。

「流奈さん、副会長、来てくださってありがとうございます」

「なーにを言ってんの。流奈と未来ちんの仲じゃないか」

「連れて行けと流奈がやかましくてな。バイト中、邪魔して悪い」

「ぜんぜんです！　すっごく嬉しいです！」

　私たちの会話を聞いていたきょうちゃんが、愛想よく笑ってふたりに聞く。

「アイス食べますよね？　サービスしますよ」

「きゃーん、きょうちゃん優しい！」

　流奈さんが飛び跳ねて喜ぶのを、副会長が制すると、

「いいんです、友達が来たらサービスしてあげなって、店長からも言われてるんで！」

　きょうちゃんが胸を張って言った。

　そんなこと言われたことあったっけ……？

　まあいいか。

　流奈さんのオレンジ味、副会長のミント味のアイスを用意しながら、会長だったらストロベリーだろうな。

　そんなことを考えている自分に、苦笑いしてしまった。

「未来ちん、何時までバイト？」

　流奈さんに聞かれ、時計を見るともうお昼の３時を過ぎていた。

「４時までなんで、あと１時間くらいです」

「じゃー待ってるから、一緒に夜ご飯食べよ！」

「流奈、先に桜田の予定を聞け」

「あっ大丈夫です、バイト終わってからひまなので！」

　あわてて言うと、流奈さんはぱあっと花咲くように笑う。

　本当に素直で素敵な人だなぁ。

「じゃー流奈たち、あっちのベンチでアイス食べながら待っててい？」

　私はにっこり頷いて、流奈さんと副会長に手をふった。

　バイトを終え、着替えをすませて流奈さんたちと合流する。
　きょうちゃんも誘ったけど、家族と約束があると言って先に帰ってしまった。
　私たち3人は、公園から歩いてすぐのファミレスに入った。
「もー勉強しすぎてお腹ぺこぺこ」
　それぞれの注文を終えると、流奈さんが両手をお腹に添えて言った。
「さっきアイス食べたばっかりだろう」
「そーすけ？　アイスでお腹は膨らまんだろ？」
「あの……。もしかしてふたりとも、塾帰りですか？」
　席に置かれている大きめのバッグを見て聞くと、ふたりはほとんど同時に頷いた。
「一応、受験生だからな。夏休みくらいは通う」
「お忙しいのに構ってもらっちゃって、すみません……」
「謝んないでよー！　たまには私たちも、未来ちんに会いたいし。ね、そーすけ？」
「ああ。いい息抜きになるよ」
　笑ってそう言ってくれるふたりに、あらためてじーんとする。
　それにしても、私服で、しかも学校の外でこのふたりと会うなんて、不思議な感じだ。

　なんとなくちょっと照れくさい。

　会長がいたら、どんな感じだったかな……。

「とーるも来れたらよかったのにねー」

　流奈さんが残念そうに言うので、考えを読まれたのかと思って少しあせる。

「か、会長は塾行かないって言ってましたけど、副会長と流奈さんは行ってるんですね？」

「うん、流奈たちは普通に受験だしねー」

「え？　会長は違うんですか？」

「んー、受験は受験でも、違うかな」

　流奈さんは首をかしげて続けた。

「流奈たち３人、幼馴染みでしょ？　流奈もそーすけも、そこそこ育ちはいいんだよ。自分で言うのもなんだけど。でも、とーるは別格」

「……別格？」

「御曹司って言われてるの、本当なんだよ。ひとり息子しね」

　終業式の日、あの男たちがぺらぺらと話していたことを思い出す。

　学校に寄付をしてるとか、コネ入学だとか。

「だから夏休みも毎日、お父様と一緒に挨拶まわり……っていうか接待？　行ってんじゃないかな」

「え、まだ高校生なのに……？」

「早め早めのお付き合いが大事なのだよ、あーいう世界では」

　流奈さんの説明を、上手に嚙み砕けないまま頷く。

　忙しいと言っていたのは、こういうことだったんだ。

「でも、高校生活最後の夏休みなのに……」

　呟くと、流奈さんは優しく私に笑いかけた。

「流奈もそーすけもね、1回くらいは家に反発したこと、あるんだよ。でも、とーるは1回もないんじゃないかな。まあ、流奈たちとは家の規模が違うっていうのもあるけど」

「お前のはただの反抗期だろう」

　副会長が横槍を入れると、「そうだっけ？」と流奈さんは笑う。

「でも、とーるも頑固なとこは頑固だからさ。小学校も中学校も高校も、ぜーんぶ自分で選んで入学したんだよ。選んだっていっても、全部偏差値トップの学校だけど。……そしたらお父様も、文句言えないでしょ？」

　私は頷く。

　やっぱりそうだ。

　やっぱり、私があの男たちにぶつけた怒りは、間違ってなかった。

　会長は思ったとおりの人だった。

「幼稚園はみんな一緒だったけど、小中は流奈たち、とーると一緒の学校行けなかったし。ね？」

　流奈さんに話をふられて、副会長は静かに頷いた。

「私、副会長のほうが勉強できると思ってました」

「期末の結果、見ただろう？」

「あ、はい。でもあれは、たまたまかなって」

「俺があいつに勝ったことなんて一度もないよ。勉強でも
それ以外でも」

　苦笑いをして、副会長は言う。

「なにもかも透が初めてだからな。俺にとっては」

「えっ、そーすけ、問題発言……」

「ちゃかすな流奈」

「すんませーん」

　舌をぺろっと出す流奈さん。

「透以外には負けたことがなかった。俺も流奈も」

　副会長の言葉に流奈さんを見ると、彼女はほほ笑んで「だ
ね」と言う。

「悔しかった、ですか？」

「うーんそうねー。でも幼稚園の頃から、もうとーるは特
別だなって感じだったからなあ。大人たちの見る目も、とー
るだけは違ってたし。髪もあれだから、目立ってたしね」

　悔しくなかったって言ったら嘘かな、と流奈さんは言っ
た。

「でも、負けた相手がとーるでよかったって思ってる」

「どうしてですか？」

「とーるは、他の誰にも負けずにいてくれるから」

　流奈さんが目を閉じて言うと、副会長も目を伏せてほほ
笑んだ。

「とーるが負けるってことは、流奈もそーすけも負けるっ
てことだから」

「そ……うですよ、ね」

「まあ、とーるは絶対見せないけどね、努力してることとか、家の事情とか。でもきっと、流奈たちの気持ち知って、いつもトップにいてくれる。ああ見えていいやつでしょ？」

　ほほ笑んで頷くと、まるで自分が褒められたように流奈さんは、嬉しそうな顔をした。

「……だからせめて高校は一緒のとこ行きたくて、流奈もそーすけも頑張ったさ、ね？」

「うちの高校は、推薦入試なしの試験勝負だからな。……そういえば桜田は、よくあの頭でうちに入学できたな？」

　副会長の容赦ない言葉が、ブスブスと私に刺さる。

「……高校受験は、かなり頑張ったんです」

　入試の成績上位者は、３年間の授業料が免除になるという制度のために、選んだ高校だった。

　地頭がいいわけじゃないから、死ぬ気で勉強したことを覚えている。

「未来ちんは？　大学行かないの？」

　流奈さんに聞かれて、私は首を横にふった。

「働きたいなって思ってるので」

　それ以上はなにも聞いてこないふたりが、私のことをどれくらい知っているのかはわからない。

　だけど今となっては、なにを知られていても構わない気がした。

「皆さんは、大学も一緒のところ進むんですよね？」

　笑って聞くと、流奈さんは寂しそうな笑顔で首をふった。

「流奈とそーすけは一緒のとこ目指すけど。とーるは無理

かな」

「え……？　どうしてですか？」

「大学は、やっぱりお付き合いの関係とかあるしね。とー
るは、お家が決めた大学に進むと思う」

「でも、高校まで自分で決めてきたって」

「うん。そういうの、自分で決めるのは高校までって。約
束してるんだって、お父様と。だから塾も行ってないんだ
と思う」

　流奈さんの言葉に、ぼんやりテーブルを見た。

　私、あの男たちに偉そうなこと言ったけど。

　本当に、なにも知らなかったんだな、会長のこと。

　店員さんが3人分の注文を運んできてくれると、テーブ
ルの上が賑やかになった。

「来た来た、流奈のドリアがー！」

　流奈さんはドリアにスプーンを入れながら、誰にともな
く言う。

「だから高校は、とーるにとって最後の自由なの。自分で
選べる、最後の自由」

　最後の、自由……。

「よし食べよっ」

　流奈さんはにっこり笑って、私と副会長もパスタを食べ
はじめた。

　それきり誰も、会長の話はしなかった。

　流奈さんと副会長と別れて、アパートまでの道をひとり

ゆっくり歩く。

　見上げると、夏の夜空に三日月が浮かんでいた。

　ふたりが聞かせてくれた話を、もう何度も思い出している。

　今なにしてるんだろう。

　家はどこなんだろう。

　そんな他愛もないことが、どうしようもなく知りたくなって不思議だった。

　春の始業式、夏の終業式の、会長の言葉を思い出す。

『僕は桜が好きです。咲く前も、咲いている時も、散る時もきれいです。まるで一度きりの高校生活みたいだな、と思います』

『高校１年の夏も、２年の夏も、３年の夏も一度きりです』

　全校生徒に向かって何度も、「一度きり」だと繰り返した。

　どんな気持ちで、言ったんだろう。

『羽目を外しすぎず、でもしっかり、楽しんでください』

　反芻すると、胸がきゅうっとしめつけられる。

　こまったな、ひとり言を呟いて夜空を見上げる。

　……会いたいなぁ。

　ごまかせないほど強く、そう思った時。

　夜の静寂の中に、スマホの着信音がひびいた。

　おそるおそるポケットから取り出して、画面を見る。

　きっと、違う。期待しちゃ、だめだ。

　自分に言い聞かせながら、それでも祈るように。

　画面に表示された文字を確認して、迷う間もなく通話を

押した。

『俺だけど』

　会長の低くおだやかな声がすぐ耳元で聞こえると、鼻先がじんと痛くなった。

　声を聞いた、ただそれだけのことなのに。

　胸がいっぱいになって、はい、と返事をするだけでせいいっぱいだった。

『今日、流奈たちと会ったらしいな？』

　流奈さんたちとは、こまめに連絡取ってるんだなぁ。

「みんなでご飯食べました。超おいしかったし楽しかったです」

　悔しくなって、つい子供じみたことを言ってしまう。

「羨ましいですか？」

『いや、お前が楽しかったならいいよ』

　思いもしないことを言われて、夜道を立ち止まった。

「会長も、来たらよかったのに」

　来てほしかったのに。

『俺は忙しい』

「知ってます」

『なに怒ってんだよ』

「べつに、怒ってません」

『……アイス屋は？　頑張ってんの？』

「頑張ってますよ。ご心配なく」

　あっそう、会長はぶっきらぼうに言うけど。

　声色ひとつで、安堵してくれたことが私にはわかる。

『構ってやれねーけど、せいぜい頑張れよ』

「会長！」

『ん？　なに』

　聞き返されて、あ……、と声がもれた。

『なんだよ？』

「あ、いえ、えっと」

　電話が切れてしまうと思ったら、引き止めてしまった。

　どうしよう、なにか言わなくちゃ。

　しどろもどろした挙句、

「会長はやっぱり、アイスもストロベリーですか？」

　つまらないことを聞いてしまって、ひとりうなだれる。

『当たり前のこと聞くな、一択だよ』

「ですよね、すみません。……じゃあ、あの、夏風邪とか、ひかれないように……」

　せっかく電話をかけてもらったのに、上手に話せない自分が情けなくなって、そそくさと別れの言葉を告げると。

『食いに行くから』

　会長の声が、そんなことを言うので瞬きをした。

「……ほ、本当ですか？」

『バイト見学してみてーし』

「ひどい」

　会長は、ふ、と笑って言った。

『嘘だよ』

「…………、」

『会いにいくよ』

　言われてはじめて、その言葉をずっと待っていた自分に
気づいた。

　呼吸が苦しくなるから、胸に手をあてて頷く。

「待ってます」

　そう一言、返すだけでせいいっぱいだった。

　ん、と頷いた会長の声を最後に、電話はぷつりと静かに
切れた。

　会長とつながっていたスマホを、ぎゅっと胸の前で握る。

　待ってる。

　その言葉を繰り返すと、切なくて泣いてしまいそうだっ
た。

真夏のキスはストロベリー味

　――待ってる。

　でも、それっていつまで?

　あの電話から何日経っても、一週間以上待っても、会長は店には来なかった。

　もちろんなんの連絡もない。

　猛暑の中、公園のアイス屋にぼんやりと佇む自分が、だんだん情けなくなってくる。

「ねえ、辛気臭いよあんた」

　きょうちゃんがカウンターを拭きながら言った。

　私は卓上カレンダーをちらりと見て、ため息をつく。

「もうすぐ夏休み、終わるねー……」

「あと1週間もあるけど?」

「結局、森川の試合も見に行けなかったし」

「あー、それはね。バイト被っちゃったもんね」

「うん……」

「……会長、試合見に行くって言ってたのにね」

　きょうちゃんが気づかうように言ってくれるので、私はうん、と苦笑いで頷いた。

「なんか会長って、本当に忙しい人みたい」

「寂しいねぇ」

「べつに寂しくはない」

「素直じゃないなー」

　きょうちゃんに言われて、二の句も継げずに肩を落とす。

「そうだよね……」

　会長は電話をくれて、会いにいくって、そんなことまで言ってくれたのに。

　憎まれ口ばっかりたたいて、会いたいのひと言さえ、私は言えなかった。

　言えなかったくせに、男性客らしき影が見えるたび、会長じゃないことにがっかりしている。

　期待と落胆を繰り返すことが、こんなに疲れるものだとは思わなかった。

　今日はゆっくりお風呂に入って、早く寝よう。

　きょうちゃんより先にシフトを終えて、帰り支度をしながらそう考える。

　制服を畳んでバッグに詰め込んだ時、スマホが鳴った。

「………！」

　バッタでも捕まえるかのように、バッグの中のスマホを手に取る。

　でも、着信は流奈さんからだった。

　……がっかりするなんて、失礼な話だ。

　身勝手な自分を叱咤して、元気よく電話に出る。

「もしもし未来です！」

『おお、なんか元気だね？』

　流奈さんの声も、あいかわらず元気そうだ。

「はい、元気です！」

『アイス屋さんはー？』

「今終わりました。あっ、来られますか!?」

『んーんー。まだ授業あるから、ごめんね。今、休憩中』

「それはそれは、お疲れさまです」

　がっかりしてしまった気持ちを隠して、更衣室で深々と頭を下げた。

　用件を聞こうと口を開くと、ひと呼吸先に流奈さんが言う。

『ところで未来ちん、ちょっと緊急事態なんだよ』

「どうしたんですか?」

『うーんとね』

　緊急事態、と言うわりには、呑気な声の流奈さんだ。

『昨日会議あったから、生徒会出勤したんだけどさ』

「夏休みも生徒会の仕事ってあるんですね?」

『まあ、ちょっとだけどね。そこで1名、病欠が出ましてね』

「病欠?」

『そう。病名は、夏風邪』

「1名って……」

『うちのボス。情けないでしょー?』

　生徒会、病欠、夏風邪、ボス……。

　流奈さんの言った言葉が、頭の中にふわふわ浮かぶ。

『しかし、お見舞い人員が不足しておりまして』

「えっと……」

『どうしようかなーって、流奈たちこまってます』

「流奈さん」

『うん?』

「私、行ってきてもいいですか？」

　考えるより前に言っていた。

　自分でも驚いていると、流奈さんがくすっと笑う。

『本当？　助かる、ありがとー』

　流奈さんは、もしかしたら本当に天使なのかも。

『住所、メッセージで送っとくねん』

「ありがとうございます……」

『あ、あともう１個だけお節介言っていい？』

　お節介とか、もう自分で言っちゃってるよ？　流奈さん。

　私は笑って頷く。

『あのね。もちろん流奈も、未来ちんに会いたかったよ？』

「……？　はい」

『でもそもそもは、とーるが連絡よこしたんだよ』

「え？　なんの……？」

『こないだ、流奈とそーすけがお店行った時。未来が寂しがってるかもしんないから、様子見てきてやってって』

　私は言葉を失くした。

　そんなこと、電話でひと言も言わなかった。

　お前が楽しかったならいいよって、それだけ……。

『自分で見にいきゃーいいじゃんってね』

　流奈さんは呆れた声で言う。

『ま、本当に忙しいんだろうね。そりゃ風邪もひくわなー』

「……流奈さん」

『んー？』

「私、行っていいんでしょうか」

　呟くと、流奈さんは不思議そうに『なんで？』と聞いた。

　身勝手なふりばかりで、本当の会長はいつも、こわいくらいに大人だ。

　比べて私は、こんなに臆病で幼い。

　私は、会長にとってどんな存在なんだろう。

「私が行っても、迷惑に……、ならないでしょうか」

　家まで押しかけていい存在なのか、わからない。

『迷惑なんかにならないよ。とーるもずっと、寂しかったと思うよ？』

「……そう、ですかね」

『会いにいってあげてよ、ぜーったい喜ぶからさ』

　励ますように言われて、私は深く頷いた。

　店を出て飛び乗ったバス。

　流奈さんが送ってくれた会長の住所、その最寄りのバス停で降りると、鋭い西日に照らされた。

　スマホのマップを見ながら、会長の家を目指す。

　約５分ほど歩けば、閑静な住宅街に佇む、超高層マンションに到着した。

　……さすが会長っていうか、なんていうか。

　真上に見上げるその建物は、高貴な生き物みたいに輝いて鎮座している。

　こんなところまで、来てしまった……。

　暴れる心臓を押さえつけて、マンションのエントランスをくぐる。

　シックな雰囲気のロビーに設置された機械に、会長の家の部屋番号を入力すると、インターフォンの呼び出し音が鳴った。

　誰にも見られていないのに、ぴんと背をのばしてしまう。

　お家の人が出たらどうしよう。

　ええと、その場合は。

　透さんと同じ高校に通っております、桜田未来と申します。

　挨拶の文言を、呪文のように頭で繰り返していると、インターフォンがつながった。

『はい』

　聞こえてきたその声に、ほっと胸を撫でおろす。

「あの、会長……」

『どちら様ー？』

「えっとあの、さ、桜田です……！」

　必死に答えると、愉快そうな笑い声が聞こえてくる。

「なんで笑うんですかあ!?」

『見えてるから。カメラ付いてるから』

「えっ、そうなんですか!?」

　きょろきょろあたりを見渡せば、確かにカメラっぽいものがいくつか。

　インターフォンにも普通、付いてるか……。

『入ってすぐのエレベーターに乗れ』

　はい、と返事をするとすぐに、目の前の自動ドアが開いた。

　大きなエレベーターで8階までのぼり、ふかふかのカーペットが敷かれた廊下を歩く。

　ホテルみたいだ……。

　うちのアパートとの違いに戦々恐々（せんせんきょうきょう）としながら、801号室の前で立ち止まった。

　ドキドキしながらインターフォンを押す。

　鍵が内側から開く音がして、頑丈そうなドアが開いた。

　お家の人かもしれないと思い、ぴしっと直立したけれど、姿を現したのは気だるげな顔の会長だった。

　黒いTシャツにジョガーパンツ、というラフな格好。

　セットされていない髪が、少しだけ目にかかっていた。

　あ、なんか、直視できないかも……。

「……さっさと入れば」

　直立したままの私に、会長が挨拶もなく言う。

　お邪魔します、と頭を下げ、大きく開けてくれているドアをくぐった。

「スリッパ、適当に使って」

　そっけなく言って、長い廊下をだらだらと歩いていく会長。

　ものすごく、貴重なオフショット感が……。

　写真を撮ったら売れるな、なんて邪（よこしま）なことを考えてしまう。

　それにしても、広い玄関だ。

　シューズボックスひとつとっても、うちの5倍の大きさはある。

　フローリングも、スケートリンクみたいにつるつるできれい。

　そろえられているローファーと革靴、スニーカーの横に、脱いだ靴をそろえて会長を追う。

「あの、今日は……」

　なんの連絡もなく来てしまったので、事情を説明しようとすると。

「わかってるわかってる、どうせ流奈のお節介だろ」

　会長が片手をぶらぶらふって言うので、はずかしくなった。

　お節介って、つまりそういうことで、そういうことっていうのは。

　私と会長を、会わせようとしてくれたってことで。

　照れるということを知らない会長は、平然とした様子でリビングに入っていった。

　冷房が効いていて、ひんやりと涼しい。

　見渡す広さのリビングは、何畳あるのか想像もできなかった。

　私の部屋が6畳だから……と、不毛な計算をしてしまう。

「ソファ、座ってろ」

「あ、はい。お構いなく……！」

　私の部屋のベッドより大きな、L字型のソファ。

　ふわりと沈み込んで、夢みたいな座り心地だ。

　……それにしても、物の少ない部屋だな。

　生活感がないっていうか、片付きすぎてるっていうか。

「あの、お家の人は……？」

「いないけど」

「お仕事ですか？」

「いや、ここ、俺しか住んでないし」

　キッチンへ向かう会長が、あっさりと言うので驚いた。

「え……!?　じゃあご家族はどこに住んで……」

「べつの階の部屋。このマンション、うちのだから」

「え……、マンション自体がってことですか？」

「そー。つーか土地ごとうちの」

「へえー……」

　動揺で声が、しょぼしょぼとしぼむ。

　すごいな、御曹司。

　モデルルームみたいなリビングを見渡しながら、ふと思う。

　……こんな広い部屋にひとりって、寂しくないのかな。

　ソファに座ったまま、ぼんやりしていると。

「なに飲む？」

　キッチンから聞かれて、はたと我に返った。

「いやいや！　いりませんなんにも！」

　冷蔵庫のドアを開けていた会長が、不機嫌そうに私を振り返る。

「いや、飲み物くらいいるだろ……」

「いりません！　それより風邪……、熱は……？」

「ほとんど下がって微熱」

　オレンジジュースをグラスに注ぎながら、会長が答えた。

「微熱……。よかった……」

「心配した？」

　からかうように笑って、グラスをローテーブルに置いてくれる。

「どーぞ」

「ありがとうございます。あの、流奈さんもすごく、心配してました」

「あいつが心配？　ありがたいねー」

　会長は白々しく言って、私の横にだらんと座った。

「…………、」

　いや、そりゃ、座るだろうけど。

　ち、近くない……？

　体と体が触れそうなくらいの近さに、会長は座っている。

　立てた片膝に顎を乗せて、じっくりと私を覗き込むダークブラウンの瞳は、普段よりとろんとして熱っぽかった。

「バイト、疲れた？」

　少し掠れた声で囁かれると、触れられたわけでもないのに体がぴくりと反応する。

「いえ、ぜんぜん……、」

「制服、似合ってた」

「またまた……。適当言わないでくださいよ」

「適当じゃねーよ。流奈に写真送らせたし」

「は……!?」

　衝撃的なことを言われて、手に持ったグラスを危うく落としそうになった。

「写真なんて撮ってません！」

「あー、うん。言ったら嫌がるかなと思って。盗撮？」

「犯罪です！」

　勢いあまって言うと、会長は悪びれもせずくすくすと笑う。

　見られたのもはずかしいし、写真を持たれてるのもはずかしい。

　久しぶりすぎて本当は、話すだけでもはずかしい。

「……寂しかった？」

　羞恥に俯く私の顔を、会長がさらに覗き込んで聞いた。

　やわらかな香りが、ぐっと近づいて私を包む。

「いえ、ぜんぜん」

「あ、そ」

　おもしろくなさそうに呟いて、会長は私の髪先をそっと掬った。

「バイト中、髪、結んでんの？」

「規則なので……」

「ふーん」

　ふーんじゃなくて、離してほしい。

「未来、なんで今日こっち見ねーの？」

「えっと……」

「ずっと俯いてる」

「あの……」

「なに、照れてんの？」

　そのとおりだった。

　でも、はい照れてます、なんて言えない。

「て、照れてない……、です」

　震える声で呟くと、ふ、と笑った会長の吐息が頬にぶつかる。

「照れてんの、かわいい」

「…………っ、」

　なんだか今日の会長は、ゆるい。

　いつもの俺様感が薄くて、ゆるゆると甘い。

「照れてない……っ！」

「またまた」

　優しい手つきで髪を梳かれて、微動すらできない。

　ふたりのわずかな隙間から、会長の微熱が伝わってくるみたいだ。

「…………っ、そうだ！」

　熱をふり払うように、大きな声を出して会長から離れた。

　手を宙に浮かせたまま恨めしそうに、私を見る会長の視線が痛い。

「ちょっとは空気読めよ、未来」

「でも、あの、どうしても渡したいものがあって！」

　バッグと一緒に持って来た、小さなクーラーボックス。

　私はそれに手をのばし、中からカップアイスを取り出した。

「ストロベリー味です」

　ドライアイスと一緒に入れてきたから、まだ溶けていない。

「風邪の時って、アイス食べたくなりませんか……？」

　おずおず聞くと、会長はしばらく黙ってアイスを眺めたあと、上目遣いで私を見てにっこりと笑った。

「なるな」

「で、ですよね、よかった」

　安堵の息をついて、手に持ったアイスを渡そうとすると、

「食わせろ」

　会長は爽やかな笑顔のまま、そんなことを言った。

「いやいや！」

「いやいや？」

「いやいやいやいや！」

「いやいやいやいや？」

　にこにこ笑う会長は、私の腰をゆるりと抱え、体ごと自分のほうへ引き寄せる。

　長い両脚に体をすっぽり囲われて、至近距離で対面するかたちになった。

　ちょっと待ってこれ、だめな体勢。

　近いとか近くないとかじゃなくて、だめな体勢！

「早く食わせろ」

「ほ、本気で言ってます？」

　後ろにのけぞりながら聞くと、後ろ首を掴まれぐっと、キスができそうなほどの距離まで近づかれた。

　ダークブラウンの瞳が、私を甘く縛る。

「早くしねーと、お前のこと食うよ？」

「や……、」

「やなら、早く」

　ああ、俺様感が薄いなんて嘘。

　嘘嘘、気のせいでした。

　私はたやすく降参して、震える手でアイスの蓋を開けた。

　ストロベリー味のそれをスプーンですくい、そろそろと会長の口へと運ぶ。

　会長は少し目を伏せて、おとなしくひと口食べた。

「お、おいしいですか……？」

「うん」

　火を吹くようなはずかしさに耐えて、もう一度カップのアイスをすくっていると。

　不意に、甘くやわらかなものが唇に触れた。

　ちゅ、と短いリップ音をたてて、唇と唇はすぐに離れる。

　アイスにスプーンを刺した状態で、カチンと固まる私に、

「ごめん、我慢できなかったわ」

　会長はさらりと謝る。

　固まったまま、いえ、とこぼすと会長に顎を掴まれた。

「いえって？　もっとしていいの？」

「え!?　あ、だめです！　だめです！　風邪うつりますし!!」

　正気に戻ってあわてて言うと、会長は飄々と言う。

「こんなキスじゃうつんねーから」

　こんなキスってなに!?

　キスはキスで、キスですよね!?

　うつりますよね！

　真っ赤になって混乱する私をあやすように、

「アイスはちょっと置いとこうな」

　会長は言って、ひょいと奪ったカップをテーブルに置く。

　その途端、まじめな顔になって私を見つめた。

　まだ唇に、感触が残っていて熱い。

「かい……、」

「未来、素直に答えろ」

　熱を拭うように、私の唇に触れて聞く。

「寂しかった？」

　この甘いまなざしに捉らえれたら、もう逃げられない。

「……寂しかった」

　今日はもう隠せない、そんな気がしてた。

　そのまま今度は、奪われるようなキスをされる。

　本当に食べられるように、深く唇を重ねられる。

　抵抗しなくちゃ。

　そう思う意思に反して、ずるずると体の力が抜けていった。

　ソファの上で抱きしめられた体勢のまま、キスはどんどん深くなる。

「かいちょ……」

　少し唇が離れた隙に、呼ぶとまたすぐに唇を掬われて。

「舌だせ」

　キスの合間に、そう囁かれる。

　そんなことできるわけない、と思った。

　それなのに、一度もしたことなんてないのに、どうすれ

194

ばいいか知ってるみたいに、体が言われたとおりに差し出
す。

　遊ぶように熱い舌に絡めとられて、息が上がる。

　ストロベリーの甘酸っぱい味が、熱とともに口内に広
がった。

「も、むり……、」

　あまりの熱さにくらくらして、わけもわからないまま会
長の胸をそっと押すと、ようやく唇が解放される。

　ぜーはーと呼吸をしながら、真っ赤になって放心する私
をよそに会長は。

「これが、風邪うつるキスな」

　平然と言って、テーブルの上の少し溶けたアイスを食べ
はじめた。

　涙目になる私を、くくく、と愉快そうに眺める。

　アイスをすべて食べきると、最後にもう一度、ゆっくり
触れるだけのキスをされた。

　顔をそむけて避けることはできたはずなのに、しなかっ
た。

　それをわかっているように会長は、

「ごちそうさま」

　私を褒めるように、頭をくしゃくしゃと撫でた。

　体も心も、ふにゃふにゃになりそうだ。

　会長のキスは、変だ。

　素直になれない私を、いつもすんなりとほぐしてしまう。

　もっと聞きたいこととか、言いたいこととか、たくさん

あった気がしてたのに。

　もうそれ以上、まともに話すことができなくて。

　私はその日の夜、風邪か知恵熱か、わからない熱を出した。

恋愛フラグたってます

　高校2年の夏休みは、あまりに濃いキスと風邪の思い出で幕を閉じた。

　思い出すだけでもはずかしくて、立ったままくらくらする。

　……そもそも。

　残暑厳しい9月の体育館に全校生徒を詰め込むなんて、どうかしてると思う。

　始業式反対……。

　全校生徒が、じっとり額に汗をにじませて待つ中。

　ステージ脇から会長が颯爽（さっそう）と歩いてくると、体育館はぱあっと一気に華やいだ。

「きゃーっ久しぶりの会長‼」

「あー興奮して鼻血出そう」

「それ熱中症」

「てかてか、会長ぜんぜん日焼けしてないねー」

「会長に日焼けとか似合わないし！」

「でも王子って、夏休みはバカンス行くんじゃないの？」

「パラソルがあんのよ、ビーチに……」

「なるほどね」

　なるほどね……？

　女子生徒たちの声を聞きながら、苦笑いしていると。

「未来も久しぶりでしょ？　会長……」

　振り返ったきょうちゃんが、いたずらっぽく私に聞いた。

　顔を見るのは、会長の家に行った日以来なので、久しぶりと言われれば久しぶりだ。

　でも、熱にうなされるベッドの中で、会長のキスのことばかり思い出していた。

　風邪が治ったら治ったで、なにかの後遺症みたいに、延々と会長のことばかり考えていた。

　キスだけじゃない、副会長と流奈さんが聞かせてくれた話や、会長の家のこと。

　だからかな、久しぶりって感じもしない。

　しんと静まり返った体育館のステージで、挨拶をする会長の姿をぼんやり眺めながら、ため息をついた。

「……今年は例年に比べて猛暑日が続きましたが、皆さん思いきり夏を楽しめたでしょうか」

　会長がたずねると、女子生徒はいっせいに手を上げ、男子生徒は叫んで返事をしたりする。

　それを見て会長が、ははっと爽やかに笑うと、今度は潮騒のようにざわめきが体育館を伝播した。

「なにあの笑顔、なにあの笑顔……！」

「無邪気な笑顔は超貴重……！」

　会長がふたたび話しはじめようとすると、すぐさま体育館は静寂に包まれる。

「みんな楽しんだみたいで、よかった」

　会長は心底嬉しそうにそう言って、にっこり笑う。

「俺なんて、アイス食べた記憶しかありません」

　ただの冗談みたいな言葉に、体育館が朗らかな笑い声で満たされる中。

　私はひとり、顔を赤くするはめになった。

　……マイクをとおして辱(はずかし)めてくるなんて、倫理的にＮＧだと思います。

　どんな顔で会長に会えばいいのか、おろおろ考えているうちに昼休みになってしまった。

「あーあー夏休み、勉強しかしてないやー」

　生徒会室に向かう道すがら、流奈さんが嘆(なげ)く。

「未来ちんはなんかした？　夏休み」

「いえ、ぜんぜん……」

「こないだまで風邪ひいてたんだってねえ？」

　流奈さんがもの言いたげな笑顔を向けてくるので、思いきり目を逸らして答える。

「はい、えっと、夏風邪が流行してて！」

「えー、どこから流行したんだろ？」

「あちこちから、はい……」

　笑ってごまかそうと、あえてにこにこしてみると、流奈さんは大きな声で、

「誰かさんのが、うつっちゃったのかなあー？」

　わざとらしく言うので、私はどうしようもなくなって顔を赤くした。

「いやらしいなー最近の若者はさー」

「い、いやらしい!?」

「だって、流奈はお見舞い行ってあげてって言っただけだぞー？　なのに風邪もらって帰ってくるなんて、一体全体、とーるの家でなにしてたのかなー？」

　生徒会室の扉を開けながら言う流奈さんに、言い訳の言葉を探していると。

　背後から、ぽん、と肩に手を乗せられた。

「なにって、ナニだよな？　未来」

　振り返らなくても、いい笑顔の会長がいるのがわかる。

「あ、とーる！　あんま調子乗ってっと殺すぞー？」

　恐ろしい言葉とは裏腹に、流奈さんは肘で会長をうりうりしている。

「流奈になら殺されてやってもいいな」

　会長は爽やかに言って私の頭を撫で、そのまま生徒会室へ入っていった。

「……なにあれ、上機嫌すぎてキモいんだけど」

　引き気味の顔になった流奈さんが、真っ赤な顔のまま硬直している私を見て目を丸くする。

「フラグ、ビンビンかよ」

　ぽつりと呟かれた言葉に、私の頬はさらに赤くなった。

「ほら未来、食え」

　さっきから会長が、食後のチョコボールを私に食べさせようとしてくる。

「いりません」

「ダイエット？」

「してません」

「俺のチョコボールが食えるやつなんて、この世に３人だけだぞ」

　上機嫌な会長が３本指を立てて、ほら、と、私に見せてくるので、しぶしぶ頷きながら顔をそむける。

　わかったから、きれいな指なのはわかったから。

　指でさえ、近づかれるとドキドキしてしまうからやめてほしい。

　正面から注がれ続けている、副会長と流奈さんの視線を気にすることもない会長は、

「アイスのお礼だって」

　にこにこ笑って無理やり、私の口にチョコボールを入れた。

　口内に広がるイチゴ味が、あのキスの感触をリアルに呼び覚ましてしまう。

　味覚の馬鹿野郎！

　イチゴ味の馬鹿野郎！

　真っ赤になりながらチョコボールを咀嚼する私と、そんな私を嬉しそうに眺める会長。

　やれやれと、副会長と流奈さんが首を横にふるのが見えて、とっさに叫んだ。

「違うんです！」

「仲良きことは素晴らしきかなー？」

「ち……っ、違うんです、本当に私たちなにも、」

「そろそろ体育祭の準備はじめないとねー」

　私の言葉を完全に無視して、流奈さんはお弁当箱を片付けながら言った。
「そろそろ各クラス、実行委員を選出してもらおう」
　副会長までそんなことを言うと。
「あー……、また忙しくなるな」
　会長はすんなりと生徒会長モードに戻って、だるそうに言った。
「備品のチェックリスト残ってるっけ……」
「流奈が管理してるはずだ」
「えっ流奈……？」
「ちゃんと探しとけよ、あとあれもー……」
　仕事について話しはじめる会長は、さっきまでのふざけた笑顔が嘘みたいに凛としている。
　横顔が、私に思い出させる。
　ビーチは愚か、公園さえも遠い夏休みを過ごした会長のこと。
　あんなに広いマンションの部屋で、ひとりで暮らしている会長のこと。
　なにも知らない、自分のこと。
　流奈さんと副会長と話す、会長の横顔を見つめて問う。
　楽しかった？　夏休み。
　一度きりだって、会長はみんなに言ったけど。
　会長にだって一度きりの、最後の夏休みだった。
　ちゃんと楽しかった？
　会長の家に行ったあの日、聞きたかったのに聞けなかっ

たこと。

　小さいけれど確かな不安が、心の中を小石みたいに転がっていることに、私はもうずっと気がついていた。

　9月は、体育祭の準備で慌ただしく過ぎていく。

　部活に所属せず、走るのが速くもない私は経験上、参加人数の多い競技に割り当てられることが多い。

　クラス会議の結果、やっぱり今年も参加競技は玉入れになった。

　中学の時に陸上部だったきょうちゃんは、100m走やリレーの選手に抜擢されている。

　ガタイのいい森川は、騎馬戦と綱引き。

「ふたりとも体育祭、いっつも大活躍だもんねー」

　ホームルーム後の中休み、割当表を見ながら3人で話す。

「まー気合い入るよなあ」

「でも私、体なまってるからなー」

「きょうちゃんは、なまってても速い！」

　不安そうなきょうちゃんを、ダブルガッツポーズで励ます。

「未来も玉入れ、頑張りなよー」

「うん！　玉入れは得意！」

「玉入れに得意不得意ってあんのかな」

　森川が苦笑いして言った言葉は、無視とする。

「てか、あんたの会長ってなに出るんだろーね？」

「わ、私のではない……！」

「確かにめっちゃ興味あるなあ、なんか言ってた？」
　ふたりに聞かれて、私は首をふった。
「運営で忙しそうだけど、どうなのかな」
　会長が運動してるところって、なんか想像できないや。
「昼休み、聞いといてよ」
　きょうちゃんに言われて、私はとりあえず頷いた。

「競技？　なんも出ないよ？」
　さっそくその日の昼休みに聞いてみると、流奈さんは
あっさり答えた。
「ほとんどクラスのほうにいられないから、最初からエン
トリーしないの。去年もそうだったよね？」
「まあ、ほとんど本部テントにいることになるな」
　副会長がお茶を飲みながら頷く。
「会長もですか？」
　会長に聞くと、当たり前だろ、とでも言いたげな呆れ顔
をされたので、むっとしてつい。
「会長って、運動苦手そうですもんね……」
　挑発的なことを口走ってしまった。
　眉をぴくっと動かした会長に、頬を鷲掴みにされる。
「生意気言ってんのはこの口か？」
「じょーくへふ……ふひはせん……」
「流奈。俺の輝かしいスポーツ実績、今度未来に叩き込ん
どけ」
「ラジャー」

　流奈さんが右手で敬礼のポーズを取ると、ようやく会長は私を開放してくれた。

　まったく、横暴だ……。

　こんな人にほだされている自分が、情けなくなってくる。

「体育の成績Cの未来はなに出んの？」

　返り討ちとばかりに聞かれるから、なんでそんなことまで知ってるんだよ、と悲しくなった。

「玉入れですけど」

　呟くと、会長は顔をしかめた。

「玉入れ？」

　信じられない、という顔。

　どうせ玉入れなんて、運動音痴が出る競技だって思ってるんだ。

「玉入れだってちゃんとした、」

「却下」

　チョコボールの箱をカシャカシャと動かし、私の言葉を遮って会長は言った。

「へ？　なにがですか？」

「なにがですか？　じゃねーよ。なんで玉入れなんか選んでんの？　アホなの？」

「玉入れのなにが悪いんですか⁉」

「危険だろ」

　会長は真顔で即答した。

「危険……？」

「顔に当たったらどーするわけ」

　眉をひそめて聞く会長に、首をかしげて答える。
「べつに、どうもしませんけど……」
「痛いだろ」
「ちょっとは痛いかもしれないですけど……」
「ケガしたらどーすんだよ」
　玉入れでケガなんて聞いたことないんだけど……、って、ほらほらほらほら！
　副会長と流奈さん、また笑いはじめたよ。
　また笑われはじめたよ、私たち。
　副会長に耳打ちする流奈さんの口が、
「か、ほ、ご」
　と動くのがわかって、はずかしさでピクピク震えた。
「会長！」
　私は勢いよく立ち上がる。
　驚いた顔で私を見上げる会長を見下ろして、
「私、玉入れ、やりますから」
　きっぱりと宣言すると、流奈さんと副会長が今度は吹き出して笑った。

やっぱり切ない体育祭

　体育祭当日の朝、ニュースの天気予報を見て、うしっと気合いを入れる。

　終日晴天。

　洗面所で髪をお団子に結うと、さらに気合いが入った。

「晴れでよかったわねー」

　支度途中のお母さんに言われて、張り切って頷く。

「頑張ってくるよ！」

「どうしたの、やる気満々じゃない。今年はなにか出るわけ？」

「……や、玉入れしか出ないけど」

　小さな声で答えると、お母さんはお腹を抱えてケラケラ笑った。

「さっすが私の娘！　玉入れ！　一番しょぼいやつ」

「しょぼくてもいいの！　頑張るの！」

「あーはいはい頑張って。最近あんた、楽しそうでなによりよ」

　じゃあお先に、と言って家を出て行くお母さんに続き、私もバタバタと準備をした。

　普段より少しだけ大きい荷物を持って、家を出る。

　いつもの曲がり角には、深い緑色のジャージを着た会長が立っていた。

　長い脚が、目立つこと目立つこと。

　駆け寄って、おはようございます、と声をかける。

　さすがに今日は起きていた会長が、私を見てすぐ、ぱっと顔をそむけた。

「……な、なんですか?!」

「べつに……」

　心なしか、会長の顔が赤いような気がする。

「もしかして、また熱あります?」

　あわてて会長の額に手を伸ばすと、ぱし、と手首を掴まれた。

　顔をそむけたままの会長が、目だけで私を見るので呟く。

「熱……、」

「熱はない。勝手にさわんのは、やめとけ」

「え……?」

「やめとけやめとけ」

　会長はひとり言のように言いながら、掴んだ私の手を握って歩きだした。

　開会式は、真っ青な空の下で行われた。

　グラウンドに用意された簡易的なステージの上で、校長の挨拶、PTA会長の挨拶が順調に進み、生徒会長の挨拶まで回る。

　ステージに上がった会長はまぶしそうに目を細めて、いつもどおり話しはじめた。

「ジャージの会長も最高……!」

「会長って中学の時、陸上部だったらしいね」

「で、サッカー部とかバスケ部とかのヘルプ入って、バンバン勝たせてたんでしょ？」

「そうそう、もはや陸上部じゃなくてひとりナンデモ部みたいになってたって」

「ああもうっ万能かよ！　最高かよ！」

　話を聞いている生徒たちは、気分が高まっているらしく、いつもより少し騒がしい。

　そんな中でも淡々と話し続けた会長は、

「最後に」

　こほん、と咳払いをして。

「とにかく全校生徒、ケガには十分注意すること」

　きまじめな顔で、もっともらしいことを言った。

　かと思えば。

「特に、プログラムナンバー５の玉入れ。参加者は全員、十分注意すること。挨拶終わります」

　会長は凛として一礼し、ステージを去った。

　きょうちゃんと森川が私を無言で見つめるので、私も無言で見つめ返す。

「玉入れ……？」

「なんで特に玉入れなの……？」

「玉入れになにがあるんだ……？」

　ざわざわ、とグラウンドに疑問の声が広がっていく。

　流奈さんと副会長の笑い声が、ここまで聞こえてきそうだと思った。

　クラス別のテントの中。
「よっしゃー２年Ｃ組！　優勝すんぞ‼」
「おーー‼‼」
　クラスメイト全員で円陣を組むと、私もメラメラしてき
た。
　きょうちゃんと森川と、目を合わせて笑う。
「頑張ろうね！」
「うん！　未来は玉入れ、十分注意してね！」
「……からかわないで」
「会長も、過保護だよなあ」
「愛だよねー」
　ふたりがしみじみと勝手なことを言いだすので、
「トイレ行ってきます！」
　私は逃げるように、クラスのテントを出た。
　きょうちゃんも森川も、完全に楽しんでるな……？
　トイレに向かって走る途中、
「未来ちーん！」
　名前を呼ばれてあたりを見渡せば、ぴょんぴょん飛び跳
ね、両手を大きくふっている流奈さんが見えた。
「流奈さーん！」
　元気よく手をふり返すと。
「玉入れ！　気をつけてねー‼」
　爽やかな笑顔で言われて、どいつもこいつもちくしょう、
と私は半泣きで走りだした。

　陽気な J‑POP が流れるグラウンドは、初秋といえども熱気がすごい。

　トイレの帰り道、3年のテントの前を駆け足で通ると、D組のテントが目に入った。

　男子生徒だけが、テントから少し離れたところで円になっている。

　その中心には会長がいた。

　すぐ隣には、副会長も。

「クラスメイトの男たちに告ぐ」

　会長は腕を組み、鋭い目つきで周囲を見渡している。

　こそこそと近づいて、私は聞き耳をたてる。

「今まで言ってこなかったけど、俺は……、負けるのが大きらいなんだ」

　会長がそう言った瞬間、3年D組の皆さんはどっと笑いだした。

「んなこと知ってるわ！」

「優勝すりゃーいいんだろ？」

「生徒会長負けさせたりしたら、俺らもそこそこ恥よ」

　口々に言う皆さんに、会長は満足げに笑う。

「さすが俺のクラスメイト。俺と宗介が不在で迷惑かけるけど、頼んだぞ」

　会長って、クラスメイトにまで俺様なんだな……？

　呆れながら、でも少し、嬉しいような。

　会長の、高校最後の体育祭。

　楽しそうに笑う会長の顔が見られて、よかった。

　私は自然とほほ笑んで、自分のクラスのテントに戻るべく走りだした。

　午前中のプログラムから、各クラスの戦いは白熱していた。
　出番の少ない私はひたすら、テントで応援にふける。
　目玉プログラムの騎馬戦では、奮闘する森川の名前を大声で叫んだ。
「３年のクラス強いねー、やっぱ」
　声援にまぎれて、クラスメイトの井口さんが声をかけてくれる。
　あまり話したことのない子だから、驚いたけど嬉しい。
「でも負けてないよ、うちも」
　笑って返事をすると、井口さんは頷いて声援を大きくする。
　私も負けじと声を張った。
　３位をもぎ取って帰ってきた騎馬戦メンバーは、見事ぼろぼろになっていた。
　奮闘を労いながらも、みんな手を叩いて笑う。
「ちょ、森川、痣すごいんだけど！」
　きょうちゃんが森川の腕を指さして言うと、笑い声はさらに大きくなった。
「玉入れなんかより、よっぽど危険なんでねえ」
　森川が嫌味っぽく言うので、私は森川の脇腹にパンチ。
　クラスメイトがまたわっと笑う。

「私も玉入れなんだよ、頑張ろうね」

　井口さんがまた声をかけてくれた。

「うん！　ひとり10個は入れよう！」

「あはは、なんで10個？」

「え、なんとなく？」

　首をかしげて言うと、井口さんは声をあげて笑う。

「桜田さんって、かわいすぎて近寄りがたい気がしてたけど……、話してみたらぜんぜんだね」

「本当？　嬉しい」

「笑うとますますかわいいから、ちょっと緊張するけど！」

「そんなそんな！　私のほうが、絶対緊張してる！」

　ぶんぶん両手をふって言う。

　なんだか必死な自分がおかしくて、笑いがこみあげてきた。

　顔を突き合わせ、井口さんとくすくす笑う。

　楽しいな、と素直に思う。

　こんなに楽しい体育祭は、はじめてかもしれない。

【プログラムナンバー5、玉入れの招集をはじめます。選手はグラウンド……】

　そのアナウンスがグラウンドに流れると、きょうちゃんと森川に思いきり肩を叩かれた。

　玉入れは、午前ラストのプログラムだ。

「未来、唯一の出番、頑張ってね！」

「ケガにだけは気をつけてな！」

「任せといて！」

　なかば投げやりになってガッツポーズを作り、招集場所まで井口さんたちと走った。

　ドキドキしながら玉入れメンバーの列に並んでいると、本部テントに会長の姿を見つける。

　各クラスの点数の集計をしているらしい会長の、まじめな顔を遠く眺めて、ふと思う。

　……来年は、会長はいないんだな。

　胸がしめつけられるように痛くなって、ぎゅっと手を握ると。

　ぜんぜん違う方向を見ていた会長が、ふらりと私のほうを見た。

　目が合って、心臓がどきんと鳴る。

　会長は私を見つめて、ゆっくり口を動かした。

　声は届かない距離だけど。

　が、ん、ば、れ、よ。

　きちんとそう読みとれて、胸が温かくなると同時に。

　飽きもせずまた、痛くなった。

　胸の中で顔を出す小さな不安を、ふり払うように大きく頷いてみせると、会長は優しくほほ笑んだ。

　玉入れは白熱した。

　自分なりに全力はつくした、つくしたけど。

　ぜんぜん、だめだった……。

　私の玉はひとつも籠に入らなかったうえに、順位は5位。

散々すぎる……。

唯一の功績は、ケガをしなかったことかもしれない。

「残念だったねー」

井口さんたちとそう言い合いながら、駆け足でグラウンドから退散する時、本部テントのほうを見たけど会長の姿はなかった。

情けない姿、見られなくてすんだ……。

少しほっとして、クラステントに戻る道を歩く。

すると、テントの群れから少し離れた用具置き場の影に、会長の姿を見つけた。

クラスメイトたちからはぐれて駆け寄る。

声をかけようとしてすぐ、もうひとり誰かがいることに気づいた。

私の歩みは、ぴたりと止まる。

会長と向き合ってなにかを話しているのは、私の知らない女の人だ。

たぶん、3年生。

声が聞こえてくる。

私の中の僅かな勘が、聞かないほうがいい、と囁いたけど。

「神崎が人気あるのはわかってる。でも……、好きなの」

もう遅かった。

切なげな彼女の声を耳に残して、私はそっと、その場から立ち去る。

砂埃の舞うグラウンドを、ひとりとぼとぼと歩いた。

　会長の返事は、聞かなくたってわかっていた。

　ありがとうって、きっと優しくほほ笑んで言う。

　そしてどこまでもまっすぐな瞳で、

「ごめん」

　きっと、そう言うんだ。

　誰にどう気持ちを伝えられたって、そうして真摯に断る

ことを、会長はたぶん、心に決めている。

　そのことがなぜか、確信めいてわかっていた。

やっぱり手が出る体育祭【SIDE透】

　玉入れが終わると、午前中のプログラムはすべて終了。

　昼食時間のアナウンスが流れると、グラウンドにひびいていた音楽はスローテンポなものに変わった。

「なんとか無事、午前の部は終わったな」

　宗介が腰に手をあて、安堵のため息をついて言う。

「玉入れも、ケガ人が出なくてなによりでしたわね？　会長さま」

　流奈は口に手をあて、わざとらしく言った。

「うるせー」

「てか、とーるさっき一瞬いなかったけど、どこ行ってたの？」

「……トイレ」

「えーその直前もトイレ行ってなかった？　サボり？」

　流奈がじろりとにらんでくるので、ため息をついてテントから出る。

「こら、またどこ行くのー！」

「……未来、迎えにいってくる」

「あ、そゆことね。お腹ぺこぺこだから、そーすけと先食べてていーい？」

「勝手にしろ」

　２年のテントの群れまで歩き、未来のクラスのテントを覗くと、生徒たちが俺を見て少しざわめいた。

　あー、しまった。

　未来はこうやって目立つの、嫌がるんだよな。

　じゃあどうやって声かけんだよ。

　どうせ俺はどこにいたって目立つんだ。

　心の中でぼやきながら、テントの中を見渡すけど未来は
いない。

「あ、会長！　お疲れさまっす！」

　森川くんが俺に気づいて、テントの外から走ってくる。

「お疲れ。未来、どこにいるか知らね？」

「なんか、美化委員の仕事しに行って戻ってこないんすよ」

「美化委員？　あー……用具庫のほうか。了解」

　テントから出て、ちっと舌打ちをする。

　そういう予定は先に言っとけよ……。

　とりあえず用具庫に向かおうと、歩きだした時。

「会長！」

　後ろから声をかけられて、立ち止まった。

　振り返ると、未来のもうひとりの友達、きょうちゃんが
立っている。

　未来とは幼馴染みらしい。

「どうした？」

「これ、未来のお弁当です。……未来と一緒に食べますよ
ね？」

　ランチバッグに入った弁当を手渡される。

　いつも未来が持ってきているものより、少し大きいそれ
を受け取って、俺はきょうちゃんをまじまじと見た。

「え、なんですか……？」

「きょうちゃんって、デキる子だよね」

　前々から思っていたことを、そのまま言葉にして伝えた。

　ぽかんとするきょうちゃんに礼を言って、未来のランチバッグを持ったまま用具庫に向かう。

　美化委員らしき集団は、その周辺には見つからなかった。

　ずらりと並んでいる用具庫のドアを、端から順繰り開けてみるが、未来の姿は見当たらない。

　グラウンドにはあいかわらず、呑気な昼の音楽が鳴っていて、生徒は楽しい昼食タイム。

　俺はひとりの女を探して、なぜか用具庫を探検している。

　マジであいつ、紐でどっかに括りつけときたいな。

　ため息をついてまた次のドアを開けると、その中にようやく未来の背中を見つけた。

　背のびをした未来は、両手に抱えた玉入れの籠を棚の上に乗せようとしている。

　俺が入ってきたことには、気づいていないらしい。

　足元は、無理な背のびのせいでふらついている。

　後ろから歩み寄って腕をのばし、籠を棚に乗せてやると、驚いた未来が振り返って俺を見た。

　丸い瞳が見開かれ、さらに丸くなる。

「あぶなっかしいことすんなよ」

　眉をひそめて言うと、未来は目を逸らして俺から離れた。

「ありがとうございます」

「こんなとこでなにしてんだよ」

「美化委員の仕事の帰りに、先生に頼まれちゃって……。
会長こそ、なんでこんなとこに」

「たまたま。もう昼休みはじまってんぞ」

「あ、はい……」

　どこかよそよそしく返事をした未来は、そのまま用具庫
を出ていこうとする。

　とっさに、細い手首を掴んだ。

「どこ行く?」

「テントに戻ろうと……」

　振り返らないまま言う未来の声が、震えているように聞
こえて。

「どうした?　なんかあったか」

「なんにもないです」

「じゃあさっきから、なんでこっち見ねーの」

　聞いてみても、未来は黙ったまま用具庫のドアを見てい
る。

「弁当、食わねーの」

「それは、食べます」

「持ってきてやったけど」

　きょうちゃんから預かった弁当を掲げると、未来はよう
やくこちらを振り返った。

「……たまたまって、言ったのに。なんで私のお弁当、持っ
てるんですか」

「たまたま持ってた」

「そんなたまたま、ないです」

　俺を見つめて、いつもの未来らしい憎まれ口をたたくので、安心して思わず笑ってしまう。

「なんで笑うんですか……!?」

「べつに。早く食うぞ」

　そう言って腕を引くと、なぜか未来はふたたびドアのほうを向く。

　なんか前にも、こういうことあったな。

　未来が出ていこうとして、後ろからそれを引き止めた。

　未来が初めて、生徒会室に来た時だ。

　あの時未来は、振り返らずに生徒会室を出ていった。

　……こっち向けよ。

　心の中で言って、そっとドアに腕をついた。

　ぴくりと肩を震わせた未来が、ゆっくりと俺を振り返る。

　ドアを背に、じっと俺を見る未来の顔がなぜか寂しげで、わけもわからず胸が痛んだ。

「やっぱお前、なんかあっただろ」

　俺と未来のあいだには、わずか数センチしか距離がない。

　未来の背中はぴたりと扉についていて、逃げ道もない。

　こんなに近いのに。

　このまま強引に抱きしめることなんて、簡単なのに。

　未来の心を開くのは、いつもこんなに難しい。

　焦がれるような気持ちで、なにも言わずに瞳を揺らす未来と見つめ合った。

　そっと俯く未来の顔を、ドアに腕をついたまま覗き込む。

　近づいた距離に、白い頬がわかりやすく色づいた。

「かいちょ、う……」

　うわ言のように俺を呼ぶので、こらえきれずに前髪に触れる。

「髪、いつもと違ってかわいい」

　今朝から思っていたことが、ふいに口からこぼれた。

「へ……？」

「なんで丸めてんの？　今日」

「運動の時に、邪魔だから」

「運動って、玉入れしかしてねーじゃん」

　笑って、くすぐるように未来の額を撫でる。

「1個も入ってなかったし」

　呟くと、未来は驚いたように俺を見上げた。

「見てたんですか？」

「そりゃ。ケガなくてよかった」

「玉入れでケガなんか、しません」

「あっそう」

　つーかこんな至近距離で話すことか、これ。

　小さくため息をつくと、未来はぎゅっと、俺の腕を掴んだ。

　やっぱりもの言いたげに俺を見つめるので、うん、と俺は目で頷く。

　ゆっくりでいいから、言えよ。

　なんでも聞いてやるから。

　声に出さずに言った言葉が、聞こえたように未来は、

「会長、」

　俺を見つめたまま、か細い声で言った。

「夏休み……、楽しかったですか？」

　……夏休み？

「ん？　なんでそんなこと聞く？」

　覗き込んだまま聞くと、長いまつげを伏せて未来は、勇気をふり絞るように言った。

「知らないから。夏休み、会長がどんなふうに過ごしてたか」

　予想外の返答に、俺は束の間、言葉を失くす。

「なに、そんなこと知りてーの？」

　そんなわけない、とわかりながら苦笑いで聞く。

　すると未来は。

「知りたいから、聞いてます」

　伏せたまぶたをそっと持ち上げ、震える声で言うから、その語尾を攫（さら）うように唇をふさいだ。

「…………っ、」

　触れるだけのキスで、こんなにくらくらしてどうする。

　ゆっくり唇を離すと、うるんだ瞳で上目づかいに俺を見る。

　それがあまりにかわいくて、ふ、と笑みがこぼれた。

「夏休みは、未来の持ってきたアイス食って、未来とちょっとやらしいキスした」

「そ、そうじゃなくて……」

　ごまかされない、というように食い下がる未来に、

「……それだけ」

　俺は囁いて、小さな頭を抱き寄せた。

「それだけで、十分。楽しい夏休みだった」

　それは本当のことだった。

　俺の胸に顔を押しつける未来の頭を、慰めるように撫でると。

「……お弁当、食べますか？」

　未来は、つっけんどんにそう聞いた。

　こういうところもかわいくて堪らないのだ。

「俺の分もあるんだろ」

「ありません」

「これひとり用？　でかくね？」

「……食べたいですか？」

「早く食わせろ」

　未来は俺を見上げて、こまったような笑顔を見せた。

「未来を」

「お弁当を！」

　いつもの調子に戻った未来は少し怒って、俺はそれにくすくす笑って、ふたりでようやく用具庫を出た。

　そんなこんなで。

　高校最後の体育祭の思い出は、やっぱりこの女で埋めつくされたのだった。

　楽しかったかどうか、なんて、言うまでもない。

会長のお帰りです

会長は不在

　会長のことは、結局ぜんぜんわからないままだ。

　聞けば答えてくれるんじゃないかと、どこかで期待して
いた自分もいたけど。

　言葉とキスで、はぐらかされた気がする。

　ついさっき告白されたばかりのくせに、そんなそぶりさ
え見せなかった。

　いつもどおり当たり前みたいに現れて、勝手に触れて、
私の手を引いて用具庫を出た。

　嬉しそうに笑ってくれた顔が、目に焼きついて離れない。

　体育祭が終わって10月、すっかり秋めく校内。

　私たちは生徒会室でいつもどおり、昼食を食べている。

「……ねえ、ずっと突っ込むか突っ込むまいか迷ってたん
だけど、やっぱ突っ込んでいい？」

　お弁当の卵焼きを口に運びながら、流奈さんがちらり、
私と会長を交互に見て言った。

　なんだよ？と会長が聞くと、流奈さんは会長の食べてい
るお弁当を指さす。

　それから視線を、私のほうに向けて聞いた。

「それって愛妻弁当？」

　飲んでいたお茶を吹き出しそうになる。

　ゲホゲホむせる私の背中を、呆れ顔でトントン叩きなが

ら会長は言う。

「今さら？」

「わかってはいましたとも。体育祭のあとからずっとそうだってことは……！　そっとしといたほうがいいのかなあーと思って触れなかったんだけど、監督者としてはやーっぱ確認しといたほうがいいのかなあーって……」

「確認？　なんの？」

「深い意味があるのかどうか」

「ありません！」

　私はお箸をバン、と机に叩きつけて答える。

「ひとつ作るのもふたつ作るのも一緒なので！　会長ってほら、毎日毎日同じような菓子パンとかサンドウィッチばっかりで不健康っていうか見てるこっちも飽きるっていうか！　あとお弁当箱も余ってたので！　家に！」

　勢いあまって一息に言うと、生徒会室は静まり返った。

「未来、お前、俺が横にいるってこと忘れてね？」

　隣から会長にぼそっと言われて、私は目を泳がせる。

「……すみません」

「宗介流奈ー、こいつ最近生意気なんだけど」

　会長に親指でさされてクレームを出され、今日ばかりは返す言葉がない。

　あせってつい、言いすぎてしまった。

「まあ、まあ！　よかったじゃんお弁当！　ってことが流奈は言いたかっただけ！　確かにとーるは食生活やばめだったしね！　京都ではまともなもん食べようねっ！」

　　流奈さんがとっさにフォローに入ってくれた。

　　……けど。

「京都？」

　　私はぽかんとして首をかしげる。

「イエス、京都」

　　流奈さんが私と同じように首をかしげて、親指を立てた。

「行くんですか？　皆さん」

「イエス、修学旅行。明日から」

　　そう言われて、私はああ〜と納得する。

　　そっかこの時期なのか、修学旅行！

　　うちの学校は３年で行くんだよね、修学旅行。

「……って、明日からですか!?　なんか急ですね!?」

「いや未来ちん、修学旅行は前から決まってたから。急でもなんでもないから」

　　流奈さんに冷静に言われて、ぱちくり瞬き。

　　……そりゃそうだ。

「透、ちゃんと予定くらい桜田に伝えておいてやれ」

　　副会長が会長を叱るように言うので、私は手をふる。

「いやいや、そんなわざわざお伝えいただかなくても」

「未来悪い、今日言おうと思ってたんだ」

　　私の言葉なんて聞いていない会長が、私を見つめて真顔で言った。

「嘘つけ、修学旅行のことすら忘れてたろ。生徒会の仕事がないイベントだからって……」

　　副会長が白い目で会長を見ると、会長はうざったそうに

目を逸らしてため息をついた。

「はあ、京都か。だるいな」

「え、いいじゃないですか京都！　行ったことないので行ってみたいです！　羨ましいです」

　旅行らしい旅行なんて行ったことがない私には、どこであろうと羨ましい。

「……未来も来れば」

　少し興奮している私に、会長がぽつりと言った。

　流奈さんが目を輝かせて、会長に便乗する。

「そうだそうだ、未来ちんも一緒に行こうよー!!」

「い、行きたいです！　でもそんなことできるんですか!?」

「できるわけないだろうが阿呆。……桜田、あんまり透と流奈に感化されるなよ」

　副会長に心配そうな顔で、諭されてしまった。

　……そりゃそうだ、色々。

「はあ、マジで行きたくねー」

　会長は言って、きれいに空にしたお弁当箱をしまう。

「ごちそうさま。明日から３日間、間違って２個作んなよ」

　ハンカチに包まれたお弁当箱を会長から受け取り、頷いた。

　そっか、３日間、いらないんだ。

　明日は水曜日だから、２泊３日の修学旅行は金曜日まで。

　週末を挟むから……、次に会えるのは来週になる。

　そう考えてから。

　会える、ってなんだ、会える、って！

　会う、の間違い、会う、の間違い！

　誰に向けるでもなく訂正を、心の中で叫んだ。

「未来、食ったなら教室戻るぞ。送ってくから」

「へ……？　でもまだ時間……」

「きょうちゃんと森川くんに、修学旅行のこと言っとく」

「え？　なんでふたりに……？」

「俺が不在の間、誰がお前の面倒見んの？」

　呆れたように言われて、こっちが呆れてしまう。

「……会長、私のこと何歳だと思ってるんですか」

「16歳と8か月」

　即答されて、かあっと赤くなる。

「そっ、そんなに詳しく把握しなくていいです！」

「会長なめんな」

　会長は偉そうに言って、テーブルから立ち上がった。

　しぶしぶ会長と一緒に教室に戻ると、食後のお菓子を食べていたらしいきょうちゃんと森川は、ぴたっと動きを止めて私たちを見た。

　いつもは流奈さんに送ってもらって教室に戻るから、突然の会長にびっくりしたんだろう。

　1学期程の騒ぎにはならないものの、クラスメイトたちも少しざわめいている。

　驚いているふたりに会長が、明日からの修学旅行の話をする。

　きょうちゃんも森川も、知ってますけど、みたいな顔を

して会長の話を聞いているので、知らなかったのは私だけ
だったみたいだ。

　あと、忘れてた会長と。

「俺がいないあいだ、未来のことよろしく頼みますねー」

　会長に頭を押さえつけられて、無理矢理お辞儀させられ
る。

　痛い痛い、後頭部痛い。

　ふたりはあはははと笑って、大きく頷いた。

「お任せくださいっす。つっても俺は部活あるけど……」

「あ、登下校は私が一緒にしますよ」

「うん、冗談抜きで頼むね。なんかあったら連絡しろとは
言ってあるけど、このアホはしてこないだろうし」

　わざとらしくため息をついて会長が言うと、きょうちゃ
んがくすくす笑う。

「会長って本当愛してますよね、未来のこと」

「ちが……っ」

「そーだろ？　きょうちゃんは本当、誰かさんと違って物
わかりがいいよな。未来にもっと言っといてよ」

「会長、私が横にいるってこと忘れてませんか……？」

　さっき生徒会室で言われたことを、そっくりそのまま返
す。

　会長はにっこり笑って私の頭を撫でた。

「忘れてねー忘れてねー」

　だから、子供扱いしないでほしい……。

「じゃー、戻るわ。きょうちゃんと森川くんにはお礼のお

土産買って帰るから」

　会長は最後にそれだけ言って、すたすたと教室を出て
いった。

　台風一過の教室で、きょうちゃんと森川がちらり、私を
見上げて話しはじめる。

「もう完全に、俺の女って感じだね」

「だなー。会長のファンクラブも黙認してるしな」

「最近の噂は、会長が桜田未来にゾッコン、で定着しちゃっ
たしね」

「前より騒がれなくなったしな」

「一時期はどうなるんだろってくらい、大騒ぎされてたけ
どね」

「行動だけで周囲納得させちゃったあたり、さすが会長っ
て感じだよな」

「ね、未来？」

　ふたりに話をふられて、どんな顔をすればいいのかわか
らず、とりあえず頭を下げた。

「明日からの３日間、お世話になります……」

　自分の席に向かいながら、ぼんやりと考える。

　少し前の私なら、会長の不在を喜んだのかな。

　久しぶりの自由だって。

　きょうちゃんと森川とお昼が食べられるって。

　今は、会長のいない３日間の想像すらつかなかった。

　３年生が、修学旅行に旅立って２日目の朝。

「ごめんね本当。べつにひとりでも大丈夫だと思うんだけ
ど」

　昨日から一緒に登校してくれているきょうちゃんに、申
し訳なくなって謝った。

「なに遠慮してんの。べつに遠回りしてるわけでもないん
だし、いいよ」

　隣を歩くきょうちゃんが、優しく笑って言う。

「心配する会長の気持ち、わからなくもないし」

「ええ……？」

「だって、会長が何日も学校にいないのなんて初めてじゃ
ん？　自分がいないあいだになんかあったらって、心配に
なるのはわかるよ」

「そうかな……」

「妬み嫉みってこわいじゃん。普通だったらもっと、つら
い思いとかしてたと思うよ、未来」

「……それは確かに、そうかも」

「未来の知らないとこで、守ってくれてること、けっこう
あるんじゃないかな」

　大人びた口調でそう言うきょうちゃんに、私はこくりと
頷く。

　私をからかってばかりのきょうちゃんだけど、本当はい
つも心配して見てくれてるんだって、こうして話すと実感
する。

　そういえば体育祭の時も、きょうちゃんがお弁当を預け
てくれたって会長が言ってた。

　あの日初めて会長の分のお弁当も作ったけど、会長が持って来てくれなければ、素直にそう言い出せていたかどうか自信がない。

　きょうちゃんはそういう私のこともわかって、会長にお弁当を預けてくれたのかもしれない。

「いつも見守ってくれて、ありがとうね」

　ちょっとかしこまってきょうちゃんに言うと、きょうちゃんは照れたように、わざと大きな声で笑った。

　他愛もない話をして歩いていると、すぐに学校に着いてしまう。

　3年生がいない校庭は、どこか閑散として静かだ。

「会長がいなくて寂しいんじゃなーい？」

　今度はいつものからかい口調で聞かれて、私は苦笑いをこぼした。

「そんなことないよ。きょうちゃんとこうやってふたりで話す機会も、最近、あんまりなかったし」

「ああ、確かに。教室には森川いるしね」

「うん、だからちょっと貴重な時間」

　自然に浮かぶ笑顔できょうちゃんを見ると、きょうちゃんも同じような顔で笑ってくれる。

「いつも私が話、聞いてもらってばっかりだけどさ。きょうちゃんもなにかあったら、いつでも話してね？」

　そう言うと、きょうちゃんは一瞬きょとんとして、それから少し黙った。

「……あのさ、未来」

　神妙な顔で、きょうちゃんが口を開いた時。

「おーはよーうー！」

　走ってきたらしい森川が、後ろから私ときょうちゃんのあいだに入って、がばっと肩を組んだ。

「あれ、朝練は？」

　汗臭い森川に聞く。

「もう終わったって！　君たちゆっくり歩きすぎだろ。時間ギリギリだぞー」

　ばっと校庭の時計を見上げると、朝のホームルームまであと数分だ。

「本当にギリギリじゃん!!」

　きょうちゃんが叫んで、私たち３人は笑いながら駆けだす。

「あ、きょうちゃん、さっきなんか、」

「あー、いいや！　たいしたことじゃないからまた今度！」

「早く行くぞー」

　森川に急かされ、私たちは大急ぎで上履きに履き替えて廊下を走った。

　きょうちゃんと森川と、３人で食べる昼食は平和だ。

「昨日からなんで桜田さん教室にいんの？」

「会長と喧嘩でもしてんのかな？」

「期待すんなって。３年修学旅行で不在」

「なんだ、そゆこと」

　教室にいたらいたで、注目されてしまうとは思わなかったけど……。

　ドキドキすることもハラハラすることもない、平和な時間。

　ずっと大切に守ってきた日常が、一時でも取り戻されている。

　会長がいないというだけで。

　……不思議な感じだ。

　3日間、会長はどんなふうに過ごしているんだろう。

　また告白、されたりしてるんだろうな。

　イベントだし、ましてや修学旅行だし。

　会長がいなければいないで、会長のことばかり考えてしまう自分に気づいて、私はひっそりと肩を落とす。

「京都って羨ましいよなあー」

　呑気な顔でお弁当をたいらげる、森川の存在がありがたい。

　ふと、森川の大きなお弁当箱が目についた。

「……森川のお弁当って、すごい大きいよね」

　前までは毎日見ていたから気にならなかったけど、森川の二段弁当は、私のお弁当箱の3倍はありそうなサイズだ。

　もしかして男の人って、これくらいないと足りないのかな。

「あー……大丈夫大丈夫、会長ならあれで足りるって」

　私の心を読んだかのように、森川が片手をひらひらふって言った。

「な、なんで会長の話になるの!?　ただ純粋に、森川のお弁当大きいなって思っただけだよ!?」

「いいっていいって、今さら言い訳とか」

「べつに言い訳なんか……」

「俺は部活してるから、こんくらいないと足りないけど。会長すらっとしてるし、そんな食欲旺盛じゃないと思うぞ」

　私の話なんかひとつも聞かず森川が言うので、私は素直に呟いた。

「そ……うかな」

「そうそう」

「ていうか、森川が食べすぎなんじゃん?」

　きょうちゃんが言うと、なんだと、と森川がきょうちゃんを小突く。

　私はそれを見て、くすくす笑った。

　やっぱりふたりと過ごす時間も、大好きだ。

「なんかきょうちゃんと森川って、私のお母さんとお父さんみたいだね」

　笑いながら言うと、ふたりは顔を見合わせて、気はずかしそうにはにかんだ。

　放課後。

　すべての授業を終え、きょうちゃんと昇降口に向かって歩く。

「あ、きょうちゃんごめん、トイレ寄っていっていい?」

「うん。ここで待ってるねー」

　きょうちゃんにお礼を言って、私は一番近くのトイレへ走った。

　トイレをすませ、洗った手を拭きながら、女子トイレから出る。

　きょうちゃんの待つほうへと廊下を曲がろうとした時、なにやら言い争う声が聞こえてきた。

　立ち止まって耳を澄ませてみると、それはきょうちゃんと森川の声だった。

　どうしたんだろ……。

　一歩踏みだして、ふたりのほうへ向かおうとした時。

「だから、ごめんって！　あの時、未来に話そうとしてたなんて知らなかったんだよ」

　私の名前が出てきたので、また立ち止まる。

「ふたりで歩いてたんだから、今話してるかもとか察してよね……！」

「だからごめんって。未来には俺から話すって」

「いい。ちゃんとタイミング見て私から話す」

「……なんでだよ」

「だから……。私たちのこと知ったら、未来、絶対びっくりすると思うし……。森川から聞いたら、たぶんもっとびっくりするよ」

「……まあ、そうか」

「私が、ゆっくり話せそうな時に話すよ」

　きょうちゃんがため息をついて、森川に言った。

　……私たちのこと、って？

　きょうちゃんと森川の、こと？

「じゃ、頼む。……部活行ってくるな」

　森川のどこか凜々しい声。

「うん、頑張ってね」

　きょうちゃんのやわらかい声。

　普段と違う、聞いたことのないふたりの声だ。

　私は自分の上履きを見つめて、ぼんやり考える。

　ふたりの会話の意味。

　……そういう、ことか。

　混乱しながら、待ってくれているきょうちゃんのもとへ戻る。

「お待たせ」

　笑顔を作って言うと、きょうちゃんはいつもどおりの顔で、行こっか、と歩きはじめた。

　テレビの話や、来月の文化祭の話、他愛もない話をするきょうちゃんの横顔を、何度もこっそり見つめる。

　心臓が、変にドキドキと音をたてていた。

　早く言ってくれたらいいのに。

　隠す必要なんて、ないのに……。

　そういう気持ちが体中を渦巻いて、気づいた時には立ち止まっていた。

　きょうちゃんが気づいて、私を振り返る。

「どした、未来？」

　心配そうに私を見つめるきょうちゃん。

「ううん、なんにも……、」

「やっぱ会長、いなくて寂しいんでしょ。強がっちゃって」
　いつもの優しい顔で、そんなことを言ってくれる。
　でも、違う。
　そんなこと言ってほしいんじゃない。
　私のことなんて、今はどうだっていいじゃん。
　私は息を呑み、無理矢理な笑顔を作って口を開いた。
「きょうちゃん」
「うん？」
「今日の朝、私に話そうとしてたことってさ……」
　あ、なんか、泣きそうだ。
「森川のこと？」
　聞くと、きょうちゃんは瞳を見開いて私を見た。
「森川と付き合ってる、とか？」
　なんとか笑顔のまま、聞けたと思う。
　動揺したようにきょうちゃんは、少しのあいだ黙って、
それから一度頷いた。
「もしかしてさっきの、聞いてた？」
　やっぱりそうだったんだ。
「聞こえるよー、痴話喧嘩？」
「ごめん、ちゃんと話そうと思ってたんだけど……」
「なんで謝るの？　なんにも悪くないじゃん」
「いや、でも……」
「……ずっと好きだったの？　森川のこと」
「うん、いや、うんっていうか……」
　きょうちゃんは目を泳がせ、曖昧に言葉をにごす。

　私は明るく笑って、きょうちゃんの肩を叩いた。
「そういうことならもっと早く言ってよー？」
「う、ん。ごめん」
「なんかお邪魔しちゃってるじゃん、私」
「そんなことないって！」
「気づかなくてごめんね？　気が……利かないっていうか」
「未来、本当そんなんじゃ……」
　あせって言ってくれるきょうちゃんに、私はありったけ
の力でほほ笑んだ。
「よかったね」
　気持ちの込もらない言葉を、言ってしまったと思った。
　きょうちゃんは弱々しく笑って、すぐに話題を逸らす。
　でも、私たちの会話はどこか上滑りしていた。
　感情が整理できなくて、ぐちゃぐちゃなままだ。
　最低だ、私。

早く帰ってきて

　その日の夜。

　帰りの遅いお母さんの代わりに夕飯を作っていると、野菜炒めが焦げてしまった。

　いつもより食欲がなくて、テレビにも興味が出ない。

　お風呂に浸かってすぐ、自分の部屋に戻った。

　ベッドの上で体育座りをして、ぼんやり天井を眺める。

　きょうちゃんと森川の、聞いたことのない声を思い出すと、心がまたざわざわとした。

　だめだ、まだ混乱してる。

　スマホを見ると、まだ9時にもなっていない。

　……会長は、今頃なにしてるんだろう。

　副会長と流奈さんも、一緒にいるのかな。

　流奈さんは違うクラスだから、別行動かな。

　楽しんでるのかな。

　私の知らない会長のことを考えるたび、心臓がぎゅっとなる。

　膝に顔をうずめて目を閉じると、浮かび上がってくるのは本当の心だった。

　……声が、聞きたい。

　そんなバカなこと、考えたらだめだよ。

　自分にそう言い聞かせながら、それでもスマホの中に、会長を探してしまう。

　スマホを握ったまま何十分も悩んで、最後には観念したように、震える指で画面に触れた。

　呼び出し音が、やけに大きく鼓膜にひびく。

　きっと出ない。

　きっと副会長たちと盛り上がっていて気づかない。

　きっとお風呂に入っていて気づかない。

　きっと、出ない。

　膝に顔を埋めたまま、祈るように自分に言い聞かせて、耳元の呼び出し音を聞いていた時。

　ぷつりと、その音が止んだ。

『どうした未来』

　もしもし、より早く、心配そうな会長の声が聞こえると、瞳から一筋、涙がこぼれた。

　どうしてこんなに、胸がいっぱいになるの。

『未来？　どうした？』

　なにも言わない私に、会長がもう一度優しく聞くので、小さく息を吸ってようやく声を出す。

「すみません突然……、あの、べつになにもないんですけど」

『お前が連絡してくるなんて、なんもないわけないだろ』

　取りつくろおうとしたのに、そう言い切られて苦笑いする。

　なんでそんなに私のことわかってるんだよ、アホ会長。

「……今、なにしてるんですか？」

『夕飯食って、風呂入って、消灯までの自由時間』

「なるほど。京都はどうですか？」

『べつに普通』

「そうですか、ではではお邪魔しました……」

『ではではじゃねーだろ、なんだよ、どうしたんだよ』

　電話を切ろうとすると、会長があせったように電話口で聞く。

　本当に、どうしたんだろう。

「あの、なにもないのに、連絡したらだめでしたか？」

『……お前って実はけっこう小悪魔？』

「小悪魔？　どういう意味ですか？」

『俺専用ならいいけど』

「意味わかんないです。……私が小悪魔なら、会長は悪魔ですよね」

『毒舌か？』

　呆れた声で言われて、ふふふ、と笑い声がもれる。

　本当にどうしたんだろう、私。

　声を聞いただけで、少し元気が出てしまった。

　安心してしまった。

　これ以上邪魔をしちゃいけないと、じゃあまた、その言葉を口にしようとした時。

『……なにがあった？』

　まじめな声で聞かれて、息が詰まった。

「な、にも……」

『はー。まじでお前、めんどくせー女だな』

　会長はいつも、こんなふうにうんざりしながら。

『いいから話せよ。今、周りに誰もいねーから』

　私が本当のことを言うまで、何度だって聞いてくれる。

　じっと待ってくれる。

　素直じゃなくてだめだめな私を、最後まで放り出さずに。

「……私って、鈍感なんですかね」

　一度だけ深く呼吸をして、おそるおそる言った。

『あ？　あー……、鈍感といえば鈍感だな』

「やっぱりそうですよね……」

『なに、また告られでもした？』

「してません」

『なんだよ、あせらせんなよ』

　小さく笑って会長が言う。

「……会長でもあせることってあるんですか？」

『未来に関してはあせってばっかですけど、俺』

「嘘つき」

『お前、電話だとなんか強気だな』

　ちょっと怒ったような声で言われて、そんなそんな、と
あわてて手をふった。

『で、お前が鈍感で、なにがあったって？』

　脱線した話も、会長は自然に引き戻してくれる。

　だから私は、また話しだすことができる。

　思えばいつもそうだった。

「じつは、きょうちゃんと森川が……」

　呟いて、だけどその先が続かない。

　きょうちゃんと、森川が……。

　しばらくその沈黙に付き合ってくれていた会長が、私の

言葉を引き継ぐように言った。

『あー……、付き合ってた？』

　私はベッドの上で、がっくり項垂(うなだ)れる。

「やっぱり会長は、気づいてましたか……？」

『森川くんは好きなんだろうなと思ってたけど、きょうちゃんのほうは知らねー』

「……私、ぜんぜん知らなくて」

『っつても最近の話だろ？』

「たぶん、はい……」

『なに、それで落ち込んでんの？』

　ふ、と笑って会長が言った。

　いつもなら、笑わないでくださいってすぐに言うところだけど。

　会長の声が優しくて、意地を張る気にもなれない。

「ずっと一緒にいたはずなのに、ぜんぜん、ふたりの気持ち知らなかったなって……」

　会長のおだやかなあいづちが聞こえる。

　私はそれに安心して、次の言葉をすんなり、心の中から連れ出せる。

「自分のことでせいいっぱいで、ふたりのことなにも気づいてあげられなかったな、とか」

『うん』

「でもなんで言ってくれなかったんだろう、とか」

『うん』

「これからの関係、変わっちゃうのかな、とか」

『うん』

「私がふたりのそばにいて……いいのかな、とか」

　情けない言葉が、ぽろぽろ素直にこぼれていく。

「会長、私……、びっくりして、どうしたらいいのか、わからなくなって……。きょうちゃんと、変な感じになっちゃいました」

　ありのままの気持ちを吐露すると、会長は少し考えるような間をとってから、ゆっくりと話しはじめた。

『たとえばだけど。うちで言うと、流奈は宗介が好きだろ』

「えっ！　会長、知ってるんですか!?」

『昔からだからな。ま、流奈なんてわかりやすいし』

「それは確かに……」

『で、宗介も流奈が好きだ』

「ええっ!?」

『これも昔からだ。宗介はわかりにくいけどな』

「そ、それも確かに……」

『ふたりとも、自分の気持ちには気づいてるのに、相手の気持ちには気づいてない。アホでマヌケだな、あいつらは。……でも、想い合ってればいつか必ず、気づく日がくる。今気づいてないなら、そのタイミングが今じゃないだけだ』

「そ、ですよね」

『まーでも、恋愛なんてタイミングがすべてだから。そのタイミングを逃したとすれば、それもまた、あのふたりの運命』

「そんな……！」

『危なくなったら、俺もちょっとくらいは手、回すつもりではいるけど。あのふたりなら大丈夫だろ』

　ふたりを根本から信頼しているような会長の口ぶりに、自然と笑みがこぼれて頷く。

『きょうちゃんも森川も、たぶん同じだったと思う。で、結ばれるタイミングが、たまたま今だった、と』

「……なる、ほど」

　妙に納得してしまって、やっぱり会長ってすごいな、と感心していると。

『まーそんなことはどうでもいいんだけど』

　すぐに一蹴されて、ガクッと肩を落とした。

「どうでもよくないです」

『どうでもいいよ。大切なのは……』

　……大切なのは？

『はあ。本当はお前もちゃんとわかってることだと思うけど、一応、言ってやるから聞け』

　会長はしぶしぶ、というように話しはじめた。

『きょうちゃんも森川も、隠すつもりなんてなかったと思う。そしてふたりは、彼氏彼女になったところで、未来を爪弾きにするような子たちじゃない』

「……はい」

『未来がどんな人間か理解して、大切に思ってるからこそ、変に傷つけたくなくて、言いだせなかっただけだ』

　会長はきっぱりとそう言い切った。

　その言葉が、心の隅々まで行き渡っていく。

　会長の言うとおり、本当はちゃんとわかってた。
　私に言いだせなかった、きょうちゃんと森川の気持ち。
　だけどあまりに突然で、上手に整理できなくて。
　きちんと受け止められなかった。
　そういうぐちゃぐちゃの状況を、会長がとても優しく、
そして正しく言葉に変えてくれた。
『わかった？』
「はい」
　答えた声は、こぼれそうな涙ににじんでいた。
　きょうちゃんと森川、ふたりの言葉を思い出す。
　きっと、たくさん相談してくれたんだろう。
　どう話せば私が混乱しないか、傷つかないか。
　その姿を思うだけで、胸がいっぱいになった。
「……会長」
『ん？』
「明日、きちんときょうちゃんと話します。森川にも、お
めでとうって、言いたい」
『そうしろ』
「ありがとう、ございます」
『ん』
　その短いあいづちがあまりに優しくて、心の真ん中から
出てくる声を止められなかった。
「会長、早く帰ってきてください」
　言ってしまうと、会長は３秒ほど黙って。
『それも電話ならではの強気？』

　甘く、誘うように聞いた。

「……電話ならではの、本音です」

『仕方ねーから速攻帰る。明日』

　速攻明日って、予定どおりじゃないですか。

　笑ってそう言おうとしたけど、また泣いてしまいそうで言えなかった。

　おやすみ、と囁いた会長の声が鼓膜に残っている。

　その夜は、驚くほど深く眠れた。

　翌朝。

　登校途中できょうちゃんと合流すると、やっぱり少しぎこちない空気が流れた。

　気まずそうな笑顔で「おはよ」と言うきょうちゃんに、私も笑っておはよ、と返す。

「きょうちゃん。昨日は私、なんか変な感じになっちゃって、ごめんね」

　素直に言うと、きょうちゃんは苦しそうに顔をしかめて、かぶりをふった。

「なんで未来が謝るの」

「……正直に言うとね、ちょっと、混乱しちゃった」

「ごめん、ずっと言わなくて」

「ううん。言いにくいよ、そりゃ。言われなくても、気づいてあげられたらよかったのに……。鈍感すぎて、自分が情けないよ」

　ありのままの気持ちを言うと、きょうちゃんにぎゅっと

抱きしめられた。

「未来は鈍感なんかじゃないよ」

　その切実な声に、いろんな気持ちがこみあげてくる。

　ずっと悩ませていたんだと、深く思い知って。

「……きょうちゃん、今日ちょっと授業さぼらない？」

　抱きしめられたまま耳元で言うと、きょうちゃんは私の肩から顔を上げ、涙目でいたずらっぽく笑った。

お帰りなさい、好きです

　公園のブランコに腰かけてゆらゆらしながら、きょうちゃんから色んな話を聞いた。

　きょうちゃんは森川のことを本当にずっと、ただの親友だと思ってたこと。

　私が会長のところへ行くようになって、ふたりになる機会が増えて、初めて森川を意識しはじめたこと。

　そんな時森川に、中学の時から好きだったと告白されたこと。

　オーケーしたけど、私にどう話せばいいか悩んでいたこと。

　ふたりが恋仲になったことで、3人の関係がくずれるんじゃないかと、不安に思っていたこと。

　……きょうちゃんが悩み、不安に思っていたのは、私と同じことだった。

　会長の言うとおりだ。

　私は青い空を仰ぎ、ため息をついて笑いながら言った。

「中学の時からなんて、ぜんぜんわかんなかったよー」

　苦笑いしたきょうちゃんも、同じように空を仰ぐ。

「私もずっと、ぜんぜん気づかなかった」

「森川はさー。おおらかすぎるのかな」

「こう、男のオーラ？　がないよね」

「ふふ。……でも、ちゃんと好きなんだ？」

　からかうように聞いてみると、きょうちゃんは頰を染めてこくんと頷いた。

　クールに見られがちなきりっとした横顔が、今はただひたすらにかわいい。

　恋をしたらみんな、こんなふうにかわいくなるのかな。

「な、なんにせよ、あいつはわかりにくすぎる！」

「……あ、でも、会長は気づいてたって」

「嘘っ!?」

「ほんと。森川は好きなんだろうなって思ってたって」

「えーわかんのかな？　男同士」

「なんか鋭いからね、あの人は」

　弱く笑って呟くと、きょうちゃんに顔を覗き込まれた。

「会長に、電話したんだ？」

「……うん」

　秋晴れの、気持ちいい朝。

　きょうちゃんと授業をさぼって、仲直りをして、公園にいる。

　こんな日は、ちょうどいいのかもしれない。

　自分の気持ちを、認めるには。

「きょうちゃん、私ね」

　ブランコのチェーンをぎゅっと握って、肩の力を抜く。

　秋の涼しい風に乗って、気持ちはするりと言葉になった。

「会長のこと、好きだ」

　ついに認めてしまった想いは、頼りなくひびいて、いつまでも胸の中にとどまった。

　昨日、きっとつながらないだろうと思っていた電話がいともたやすくつながって、会長が私の名前を呼んだ時。
　強がりが全部、崩れていってしまうのがわかった。
　どこが好き？
　わからない。どこもかしこも、かもしれない。
　いつから好き？
　それもわからない。いつのまにか、好きになってた。
　求めていた平和な生活とは、かけ離れているのに。
　会長はぜんぜん、普通の人じゃないのに。
　きょうちゃんは驚くこともなく、おだやかに笑って言う。
「いつ認めるのかなって思ってたけど、やっとかぁ」
「だって、相手はあの会長だよ？」
「確かにねえ。ていうか今どうなってんの？　会長と」
「どうって……、どうもなってない、と思う」
「いやいや、それはないでしょ。最近ぜんぜん雰囲気違うよ、未来と会長」
　鋭く指摘されて、たじろぎながら答えた。
「か、関係は、変わってない」
「関係はー？　どゆこと、それ」
「ええと……」
　私は俯いて、できるだけ小さな声で呟く。
「キスは、したかもしれない」
「まじか。いやでも……うん、なんか納得」
「え？　どういう納得？」
「未来と会長の距離感？　夏頃から妙に近かったし」

そんなふうに見られてたなんて、気づかなかった……。

私って本当に鈍いんだな。

「で？　いつしたの？」

「……最初は、1学期の期末の頃」

正直に話すと、途端に黙られてしまったので、ちらりと顔を上げて様子をうかがう。

きょうちゃんは額を片手で押さえて、ついていけない、というように首をふって言った。

「ちょっと待って、最初はって……、1回じゃないの？」

あ、呆れられてる、心から……。

「……何回？」

そう聞かれて、自分でもこわくなった。

何回って……、何回もした気がする。

傘の中での初めてのキス、生徒会室で泣いてしまった時のキス、会長の家での、体育祭での……。

回数って、場面的な回数なのかな、それとも、口と口が触れた回数……？

答えられずにこまっていると、きょうちゃんは激しく右手をふった。

「いい、もう言わなくていい！　だいたいわかったから」

「え……っ!?」

「でも本当、よく認めたよね。最初の頃はあんなに、嫌がってたのに」

きょうちゃんは短く息をついて言う。

「平凡で平和な生活と、ありきたりな恋が欲しいって、未

来はずっと言ってたのにね」

「うん……」

　頷いて、少し前までの自分のことを思い出す。

　ありきたりな恋を求めていたけど本当は、誰のことも好きになれないんじゃないかって、心のどこかで思ってた。

「あの会長のことが好きだなんて、身の程知らずにも程があるよね」

「まあ、平凡とかありきたりとは遠い人だよね」

「うん」

「でも、ちゃんと伝えるんでしょ？」

　うーんと首を傾けると、弱い笑みがもれた。

「……言っちゃいけない気が、するんだよね」

「なにを？」

　きょうちゃんが眉をひそめて、聞く。

　私はぼんやり、遠くの遊具を見つめて答えた。

「好きだって。言っちゃいけないんじゃないかなって、心のどこかでずっと思ってた。理由はうまく言えないけど。だから自分の気持ちも、認められなかったんだと思う」

「うーん……」

「ただ、わかることはあって」

「うん」

「会長って、物事の要所はしっかり押さえてる人だから。知りたいことは、自分で絶対聞くと思うのね？」

「うん」

「……私、会長に気持ち、聞かれたことないんだよ」

　ずっと考えていたことを、言ってしまうと情けなくて笑ってしまった。

「聞かないってことは、知る必要がないってことなんじゃないかなって」

「でも会長からは言われてるんでしょ？　好きって……」

　私は俯いて、首を横にふる。

「春に、『俺の女になれ』って言われたっきり、なにも」

「でも好きだよ？　会長は。未来のこと」

　語気を強めて、きょうちゃんはそう言ってくれるけど。

「そうなのかな、そこもあんま自信ないや」

「いやー……はたから見たら、ほぼ確だけどな」

　きょうちゃんは腕を組んで、考え込むように首をひねった。

「聞いてないの？　私のどこが好きなんですかって。いつも聞くじゃん、告白された時」

「……会長のあれって、告白だったのかなあ」

「告白だって！」

「万が一告白だったとしても、あんな変な告白初めてだったから……、聞けなかった」

　春のあの日を、懐かしく思い出しながら言う。

　今は見慣れてしまった、むしろ居心地がいいとさえ思う、あの豪勢な生徒会室で。

　窓から差し込む光を背負っていた、あまりに優雅な会長の姿。

「……悪趣味だったなって思うの、最近。私のどこが好き

なんですか？　なんて聞くの」

　中学の頃から、よく知りもしない男の子に告白されるたび、そう聞いてきた。

　どうせ顔だけなんでしょうって。

　それが悪いことだって、心のどこかで決めつけていた。

「容姿も自分の一部なんだって、今はちょっと、思うようになった。外見だけでも好きだって言ってくれた相手に、私は失礼だったなって」

　どんな色眼鏡で見られても、なにを言われても、会長はいつも目の前の人に真摯に向き合っていた。

「未来、あんた大人になったね……」

　きょうちゃんに肩を叩かれて、私は弱々しくほほ笑む。

　会長は一度も、私に好きだなんて言ってない。

　私も会長に、言っちゃいけない気がしてる。

　逃げようとしても逃げられなくて、認めざるを得なかったこの強い気持ちは、どこにしまえばいいんだろう。

　お昼前には、きょうちゃんと学校に着いた。

　心配そうな顔で駆け寄ってくる森川を肘でつついて、

「おめでとうじゃん」

　にやりと笑って私は言う。

　森川は、私ときょうちゃんが学校をさぼっていた理由に気づいたようで、すぐに嬉しそうに笑った。

「ありがとうな、未来」

　少し照れた顔のふたりがいつもどおり話しはじめるのを

見て、体の力がふにゃふにゃと抜けていく。

　本当に変わらないんだ。

　ただ、大好きなふたりが大好きなふたりのまま、結ばれただけ。

　安心すると、笑いながらもなぜか涙が出てきてしまう。

「ど、どうした未来!?」

「ごめ、なんか……、う、嬉しくて……」

「ちょっと森川、未来のこと泣かせないでよ」

　あせる森川を、きょうちゃんがじろりとにらんで笑う。

　ふたりを心から祝福できて、本当によかった。

「ふたりとも、いつも、ありがとう」

　泣き笑いしながら言うと、3人にいつもの笑顔が溢れた。

　放課後。

　先生に呼び出されたきょうちゃんを待つ時間潰しに、生徒会室へと歩いてみた。

　誰も歩いていない廊下は、しんと静まり返っている。

　大きな扉の前に立って、真鍮のドアノブを握る。

　そっと回してみると、その扉はギィと鳴いてゆっくり開いた。

　……鍵、閉め忘れてるな。

　呆れてひとり苦笑いしつつ、そっと中へ入る。

　ワインレッドの絨毯が敷き詰められた生徒会室は、古めかしい独特のにおいがする。

　窓から差し込む夕方の鈍い光で、部屋はまんべんなく満

たされていた。

　いつもなら会長や副会長や流奈さんがいて、わいわいと騒がしいこの部屋も、今ばかりは静かだ。

　もうすぐ冬が来てしまう。

　次の春が来る前に、会長はこの学校からいなくなる。

　流奈さんも、副会長も。

　そんな当たり前を想像するだけで、心に穴が開いたような寂しさに襲われた。

　いつもみんなでお昼を食べているテーブルに、座ってみる。

　頬杖をついて、左前方の会長席を見つめた。

　不機嫌そうな顔でそこに座っている彼の姿が、見える気がして目を細める。

　会長、好きです。

　心の中で呟いた途端、どうしようもなく会いたくなってしまった。

『仕方ねーから速攻帰る。明日』

　昨晩そう言ってくれた、会長の声が蘇るけど。

　帰ってきたって、休日があるから会えない。

　あと、2日以上は会えない。

　テーブルに顔を伏せて、ひとりいじける。

　あと1年、早く生まれたらよかった。

　目を閉じて子供じみたことを思った時。

　扉の開く音が聞こえた気がして、ゆっくり目を開けた。

　テーブルに頭を伏せたまま、ぼんやり扉のほうを見ると、

いるはずのない会長がそこに立っている。
「会長……？」
　幻覚まで見るとか、やばい、私……！
　驚いてガタガタッと椅子から立ち上がると、会長は長い
脚でぐんぐん私に近づいてきて。
　そのままなにも言わず、私をぎゅっと抱きしめた。
　体が宙に浮きそうなほどの力強さに、されるがままにな
る。
　会長の香りにくるまれて、幻覚じゃない、そう思うと目
に涙が浮かんだ。
　必死にこらえて、抱きしめられたまま聞く。
「ど、したんですか……？　今日はバスで直帰の、はずで
すよね……？」
　会長は腕の力を少しだけゆるめ、私の耳元で答える。
「言い訳するなら。流奈が鍵かけ忘れたかも、とかほざい
たから、かけにきた」
「……開いてましたよ」
「流奈のアホ。勝手に入るアホもいるしな」
「すみません……」
　おずおずと会長の体に手を回す。
「会長……？」
「うん」
「言い訳……、しないで、ください」
　震える声で言うと、会長の腕の力がまた強くなって。
「……会いたかった」

　ひどく切なげな声が、頭上から降ってきた。

　顔が見たくて見上げようとするけど、胸に顔を押しつけられてできない。

「見んな」

「……なんで、」

「たかだか３日会わないだけでこんなんなるとか、俺、病気かよ……」

　心底参った、というように会長が言った。

　私は会長の胸の中でもがき、首をのばして会長を見上げる。

「会長」

　やっと顔を見て呼ぶと、会長は澄んだ瞳をきゅっと細め、私を見下ろした。

　夏休みは、もっと長いあいだ会わなかった。

　それでも今より、ぜんぜん平気だった。

　離れていたのは、たかだか３日のことだ。

　それなのに、こんなに久しぶりに感じるなんて。

「……おかえり、なさい」

「ん、ただいま」

　僅かにほほ笑んで私の額に触れる、会長の大きな手。

　前髪をくしゃ、とかきあげ、やわらかくキスを落とされた。

　会長の唇は、ゆるやかに私の頬へと滑っていく。

「未来、」

　耳元で囁かれて、肩が震えた。

「か、いちょう」

「今、めちゃくちゃキスしようか迷ってるんだけど」

　熱を帯びた声で言われて、体がぴくりと反応してしまう。

　会長は私の耳をくすぐるようにさわり、溶けそうなくらい甘い瞳で私を見下ろしたまま。

　はあ、と一度ため息をつき、少し大きな声で続けた。

「宗介、流奈、そろそろ出てこい」

　…………!?

　ばっと開け放たれたままの扉を見ると、その影から、そろそろと副会長と流奈さんが出てくる。

　抱きしめられたまま硬直する私のそばまでふたりはやってきて、残念そうに舌打ちをした。

「ばれたか」

「ばれたか、じゃねーよ宗介。流奈も。なんでついてきてんだよ」

「だってとーるがー、なんか未来ちんのこと襲いそうな勢いで学校向かってたからー」

「襲うわけないだろ、神聖なる生徒会室で」

「透、ギリギリだぞ、やっていることは」

「そうだぞ、とーる！　どうせならやめないでほしかったー！」

　流奈さんが煽るように言うと、会長はにやり、楽しげに笑って私を見下ろす。

「だって。どうする？　未来」

「どうもしません!!」

　私は真っ赤な顔で会長の胸を押して、会長から離れた。

　やれやれという、副会長のため息。

　お土産買ってきたよー、とはしゃぐ流奈さんの笑い声。

　まだ赤い顔の私をからかう、会長の声。

　さっきまでしんと静かだった生徒会室が、一気に明るく
なって、私はひとり、泣きたくなるくらいほっとしていた。

　ふと、会長と目が合うと。

「なんだ、その顔」

　痛くないでこぴんをされる。

　好きです、会長。

　どうしたって言えない言葉を、心で呟いた。

　あと少し。

　あと少しのあいだ、そばに置いてほしい。

文化祭のはじまりはじまり

　校庭の紅葉も散って、少し肌寒くなってきた11月。

　もうすぐ、文化祭だ。

「お化け屋敷カフェって……」

　デザートのプリンをもぐもぐしながら、流奈さんが言った。

「結局どっち？」

　会長と副会長も、不可解そうに頷いて私を見る。

　会長から食後のチョコボールを恵んでもらいながら、説明した。

「お化けっぽい格好でカフェをする、というコンセプトだそうです。つまりカフェです」

「……桜田、それは……、動きにくくないか？」

「そこじゃないだろうよ、そーすけ？　そういうのが醍醐味だろうよ？」

「……醍醐味？　どういうことだ」

「あえて非効率的なことをして楽しむ……、これ青春の醍醐味！　ね、とーる！」

　興味もなさそうに話を聞いていた会長に、流奈さんが話をふる。

「さあ？　楽しけりゃなんでもいいんじゃね」

　やっぱり興味はなさそうだ。

　生徒会は体育祭同様、実行委員とともに運営サイドへ回

るので、クラスの催し^{もよお}にはほとんど参加できないらしい。

　チョコボールを口に運びながら、ちらりと会長を見ると目が合った。

「運営はしっかりしてやるから、せいぜい楽しめ」

　瞳だけで笑った会長が、私の頭に手をのせてそんなことを言うので、不覚にも胸がきゅんとしてしまう。

『長いようで短い、一瞬の３年間です』

　春の始業式の言葉を、思い出す。

『１年生はとにかく頑張ってみよう。２年生はとにかく楽しんでほしい。３年生は、決して悔いのないように』

　……悔いのないように。

　会長にも、楽しんでほしい。

　楽しい文化祭にしてほしい。

「とーるは絶対、お化け屋敷カフェ行かなきゃね！」

　流奈さんがスプーンを咥^{くわ}えたまま、会長を横目で見て言った。

「は？　そんなひまねーよ」

「あっ、いいのかなー？　そんなこと言って。未来ちんのミニスカよ？」

「「……ミニスカ？」」

　私と会長が、同時に声をあげた。

「お化けコスっていったら、白のミニの浴衣っしょ」

　私はぽろり、口からチョコボールを落としてしまう。

「桜田、落ちたぞ……」

　副会長に言われてあわてて拾うと。

「透、お前も落としてる……」

　会長も同じことを言われていた。

　流奈さんにくすくす笑われる中、会長が眉をひそめる。

「未来、ミニスカなんかすんの？」

「しません！」

「しねーのかよ」

　やさぐれたように肩を落とす会長を、流奈さんがいたずらな顔で指さした。

「見られたくない葛藤と見たい葛藤……」

「流奈うっせーぞ」

「さーせん」

「時間あったら行くけど、ミニスカはやめとけ」

　会長がしごくまじめな顔で私を見て言うと、

「苦渋の決断……」

　流奈さんがまた茶々を入れた。

　流奈さんの頭を乱暴にはたく会長の横顔を見ながら、楽しくなるといいな、と思う。

　会長の最後の文化祭、楽しくなるといい。

　そして、文化祭当日。

　２年Ｃ組の教室は、流奈さんの言っていたようなミニスカのお化けから、けっこうこわめの本格的な妖怪まで勢ぞろいして、もはやハロウィン状態になっていた。

　白いテーブルクロスは、ところどころ赤で塗られてグロテスクに仕上がっている。

　カーテンを閉め切って薄暗い教室の中に、照明はロウソクだけ。

「うちのクラスもけっこう仕上がったねー！」

　ドラキュラの衣装をかっこよく着こなしたきょうちゃんが、私を見て笑いをこらえながら言った。

「な、お化け屋敷っぽい雰囲気出てるよな！」

　ジェイソンのお面をつけた森川も、顔は見えないけど、肩をプルプル震わせて笑っている。

「未来も……仕上がって……くくくく……」

「ひどいよ、ふたりとも……」

　私が泣きごとをもらすと、はじけるように声を出して笑いだすふたりの姿が、暗い視界の中に映る。

　私の視界が暗いのは、薄暗い教室のせいだけじゃない。

　黒い帽子から垂れ下がった黒いネットが、フェイスシールドみたいに顔を隠しているせいだ。

　黒いニットに、黒いスカート、黒いタイツ。

　顔だけじゃなく、私は全身真っ黒の衣装を着ていた。

「そもそも森川が悪いんだよ！　会長に変なこと言うから！」

　そう、話は文化祭の準備期間までさかのぼる。

　帰りに教室まで迎えにきてくれた会長が、まず森川に言ったのだ。

「文化祭、未来のミニスカは禁ずる」

　わはははと笑って、森川が答えた内容が問題。

「了解っす！　まーミニスカ着たとて、会長の女じゃ誰も言い寄ってこないとは思いますけど。……あ、でも他校生も来ますもんね、文化祭は」

「……他校生？」

「去年はけっこう大変でしたよ、未来、他校生から目つけられちゃって、ナンパの嵐……」

「なるほど。危険だな」

「危険っすよー」

「未来、ちょっとこっち来い」

　少し離れたところできょうちゃんと話していた私を、会長が呼びつけ、衝撃的なひと言をはなった。

「文化祭、お前、黒子な」

「え？」

「黒子。黒子以外禁止。かわいい系は総じて禁止」

「でも、黒子って、お化けじゃない……」

「森川くんと決めたことなんだ。わかってくれ」

　会長は圧の強い爽やかな笑顔で、私に言った。

　この顔は、なにがあっても動じない時のやつだ……。

　そして森川と決めたって、どういうことだ……。

　森川をじろりとにらむと、

「これがいわゆる会長命令かー」

　目を泳がせて笑いながら、森川は言った。

　これが、ことの顛末。

　……だからって、おとなしく黒子に成り下がってる私っ

て、なんなんだろう。

体育祭の時に仲良くなった井口さんにまで、

「桜田さんって、かわいいのに独特なセンスしてるよね」

と、心外なことを言われてしまった。

こんなことなら、ミニスカのほうがよかった！

賑やかな教室の中で、黒子の私は途方に暮れる。

でも、まあ。

変に呼び出されたりしなくて、いいかもしれない。

ちょっと前は見にくいけど。

ちぇ、と思いながら、次から次へと教室にやって来るお客さんを、私は黒子のままテーブルまで案内した。

にぎやかな文化祭の最中、

「未来、休憩行くー？」

きょうちゃんに言われて時計を見ると、いつのまにかお昼を過ぎていた。

忙しくて、ぜんぜん気づかなかった。

「私もうちょっとしてから出るよ！」

「えー、一緒に行こうよ」

「じつは、もうすぐ生徒会の皆さん来る予定なんだ」

「うわお、そりゃ店内大騒ぎだ……」

「だから行ってきて！」

にっこり笑って言うと、きょうちゃんは森川とふたりで、お化けの格好のまま教室を出ていった。

仲睦まじいふたりの後ろ姿を見て、ほっと息をつく。

　森川は毎日部活で忙しいし、なかなかデートにも行けないだろうから、こういう機会に楽しめるといいな。

　もちろん、生徒会の皆さんが来る予定なんてない。

　3人とも、今頃忙しくしてるんだろうな。

　教室の入り口でお客さんを待ちながら、ぼんやり考える。

　生徒会の任期は、今年の12月までだ。

　冬休み明けの1月からは、新生徒会の選挙がはじまる。

　この文化祭が、会長たち3人が生徒会役員として過ごす、最後のイベント。

　会長も副会長も流奈さんも、なにも言わないどころか、寂しそうなそぶりさえ見せないけど。

「……あれ、桜田さん休憩まだ？　そろそろ出なよー？」

　実行委員の井口さんに声をかけられた私は、クラスの調理班の子にたこ焼きを3つ注文し、それを持って休憩に出た。

　文化祭らしく飾りつけされた廊下は、在校生や他校生でごった返している。

　小走りで、1階の受付を目指す。

　長机とパイプ椅子が置かれた受付には、やっぱり会長たちの姿があった。

　私はさっと、物影に隠れて様子を眺める。

　それにしても、すごい長蛇の列だ……。

　会長が受付に立っているだけでも、客寄せ効果はすごいんだろう。

　列に並ぶ他校生の女子たちは、みんながみんな頬を赤ら

めて、会長の前に立つのを心待ちにしているみたいだ。

　先頭まで辿り着いて、会長からパンフレットを受け取ると、

「握手してください」

　と言う女の子もいる。

「はいはい」

　右手で握手、左手で次のパンフレットを準備する会長。

　その横で、トイレの案内や迷子の対応にあたる副会長と流奈さん。

　チームワークがいい３人は、てきぱきと来場客をさばいている。

　当たり前みたいなこの光景も、もう見られなくなるんだ。

　そう思うと、寂しくなって目の前が少し暗くなった。

　黒子のせいで、すでに暗いのに。

　……でも会長も、楽しめてる、かな。

　忙しそうに働いている会長は、いつも生き生きして見える。

　ほっとして、その場を立ち去ろうと歩きはじめた時。

「おいそこの黒子」

　数秒前まで受付にいたはずの会長が、なぜか真後ろから私を呼んだ。

　私は驚いて飛び上がる。

　いつのまにか受付には、実行委員の腕章をつけた生徒が立っていた。

「なんで、ここに……」

「こっちの台詞だ、来てたんなら言えよ」

　列に並んでいた女子たちはみんな、恨めしそうな顔で私と会長のほうを見ている。

　……よかった、黒子で。

　私は胸を撫で下ろし、会長にたこ焼きの袋を差し出した。

「お忙しそうだったので。あ、これ、よかったらお昼に食べてください」

「さんきゅ。……ん、未来の分は？」

「え？　あ！　それはこれから、適当に買ってきます！」

「忘れてたろ、自分の」

　呆れる会長の顔が、黒いネット越しに見える。

「ちょっと待ってろ」

　会長はそう言うと、すたすたと受付のほうへ戻っていき、実行委員となにかを話しはじめた。

　その姿をぼんやり眺めながら、来たことを後悔しはじめる。

　……邪魔してしまった。

　短くため息をついた時、くいくい、と誰かに、スカートの裾を引っ張られた。

　小さな男の子と女の子が、私を見上げている。

「……迷子かな？」

　しゃがみ込んで聞くと、ふたりは一様に首をふった。

「おかあさん待ってるだけー」

「おねーちゃん、なんでまっくろなの？」

　小学１年生くらいだろうか、小さな手をつなぎ合ってい

るのが愛らしい。

　私はにっこり笑い、顔に垂れ下がったネットをちょい
ちょい、とつまんで言った。

「これはねー。くろこ、っていうんだよ」

「くろこ？」

「くろこってなに？」

　聞かれて、うーんと首を捻る。

「劇をする時にね、ステージの上の物を、あんまり目立た
ないように運んだりする人。かな？」

「わきやくってこと？」

「うーん、脇役、でもないかな。どっちかっていうと、裏方」

「うらかた？」

「おねーちゃんは、じゃあ、劇に出るの？」

「んーん、出ないよ」

「じゃあなんでくろこなの？」

　うーん、どう答えたものか……。

　なにせ1日限りの黒子なので、うまく説明できなくてこ
まる。

　言葉を捻り出そうと、しゃがみ込んだまま唸っていると、

「お兄ちゃんが、黒子になってって頼んだんだよ」

　戻ってきた会長が、私の隣にしゃがみ込んで言った。

「つーか、俺の黒子をナンパすんな？」

　真顔で言うので、私は赤面しながらガクッとする。

　子ども相手に、なにを言ってるんだ……。

「ナンパってなにー？」

「なんでくろこたのんだのー？」

「黒子がかわいいから」

　会長はにやりと笑って、わけのわからないことを言う。

「かわいくないーへんだよー」

　ほら、子どもは正直だ……！

　やめてください、の意を込めて、会長の腕を突くと。

「俺だけがかわいいと思えばいいんだよ」

　会長は優しい声で、私のほうを見ずに言った。

「…………っ、」

　赤面する私を知ってか知らずか、会長はくすくすと笑い、ふたりの子どもの頭を撫でる。

　するとふたりは、ぽかんとして会長を見つめ。

「おにーちゃん、かっこいい……」

「王子様みたい……！」

　うっとりした顔で言った。

　小学生まで虜にしてしまう、おそるべき神崎透……。

「おひめさまはどこ？」

「さー、どこだろーなー。黒子ならいるんだけどなー」

「おにーちゃんは、劇に出るの？」

「出ないよ。お兄ちゃんは、このお姉ちゃんと同じ、裏方だ」

「……ラブラブってこと？」

「ご名答。頭のいい子だな」

　会長はもう一度、ふたりの子どもの頭をくしゃくしゃと撫で、

「迷子になんなよ」

　それだけ言って立ち上がり、私の手を引いて歩きだした。

　私は黒いネットに真っ赤な顔を隠したまま、黙って会長についていく。

　かの生徒会長が、黒子の手を引いて廊下を歩いている姿は、人ごみの中でもさぞかし目立つだろう。

　今日は本当に、黒子でよかった。

「桜田さんだよね、あの黒子……」

　バレてるけど。

「なんで黒子？」

「マジで会長の趣味ってわからんわ」

　みんなにすごく、引かれてるけど……。

　生徒会室へ行くのかと思いきや、会長は渡り廊下から外に向かって歩いていく。

　裏庭を越えて、私たちは体育館裏に辿り着いた。

　誰もいない、少し陰った静かな場所だ。

　会長がコンクリートの上に座るので、私もちょこんと隣に座る。

「あの……受付、よかったんですか？」

「ああ、実行委員たちと休憩交代」

「副会長たちは……」

「たまにはふたりにしてやらねーと。最後のイベントだし」

　会長がぼそりと呟いて、私を見る。

「どーせお前も、きょうちゃんと森川くんに遠慮してたんだろ」

「せっかくのイベントなので……」

「まーな」

「……会長は、文化祭、楽しんでますか？」

　控えめに聞くと、会長は少しきょとんとして笑う。

「未来って時々、変なこと聞くよな」

「べつに変なことじゃありません……」

　なぜ楽しいかと聞かれることが、変なことになるのか。

「俺にそんなこと聞くのはお前だけだよ」

　会長は、落とすように笑って言った。

　もしかしたら会長にとって、楽しい、は当たり前じゃないのかもしれない。

　楽しい、の優先順位はすごく低いのかもしれない。

　人には楽しめ楽しめって、言っておいて。

「……去年の文化祭も、忙しかったですか？」

「まあまあ。今年と一緒くらいじゃね？」

「そう、ですか」

　１年前もこの学校で同じように文化祭に参加していたのに、会長は私にとって無関係の、他人だったことが不思議だ。

　それは文化祭だけじゃなくて。

　同じ学校にいたのに長いあいだずっと、まったく違う場所で、違う景色ばかり見てきた。

　もったいなかったな、と素直に思う。

　入学してすぐの頃から一緒にいられたら、２年間は会長のそばで過ごせたのに。

　そんな、考えたって仕方ないことを愚かに考えていたら。

「去年か……」

　会長はぽつりと呟いた。

「未来は校庭で半被着て、屋台出してたよな」

「え!?　なんで知ってるんですか……!?」

「そりゃー生徒会長だから」

　会長は飄々と言うから、どこまで本気でどこまで冗談なのかわからなくなる。

　なにを聞いてもいつも、『生徒会長だから』で済まされてしまうことが、少し恨めしい。

「食うか、これ」

　会長は言って、さっき私が渡したたこ焼きのプラスチック容器を開ける。

「つーかなんでたこ焼き?　お前のクラスカフェだろ?」

「人気メニューなんですよ」

「……あ、箸1膳しかねー」

　会長は、輪ゴムで容器に挟まれていた割り箸を手に取り、

「間接キース」

　バキッと割って言った。

　しまった、まさか一緒に食べられるなんて思ってなかったから……。

「か、会長ひとりで食べてください!」

「なに今さら照れてんだか」

「照れてません!　いいから食べてください!」

「お姫様を差し置いていただけねーな」

　会長はくつくつ笑いながら、俯く私を覗き込む。

「私は、黒子なので……」

「バーカ、早くそのネット外せよ」

「今は無理です」

「食わせてやるから」

「けっこうです」

「夏にアイス食わせてくれたお礼だって」

「セクハラ……」

「マジでお前言うようになったよな」

　顔にかかっているネットが、前触れもなく会長の手で頭上へとよけられてしまった。

　心の準備もままならないうちに、真っ赤な顔が会長の前に晒される。

　会長は笑顔をゆっくり、切なげなものに変え、

「見えねー状態でかわいいことになってんじゃねーよ」

　囁いてそのまま、私の唇にキスをした。

　抵抗なんかできるはずもない、鼓動の音に飲み込まれながら、ぎゅっと目を閉じて会長の熱を受け入れる。

「お前、ずっと黒子でいれば」

　触れるだけのキスを、角度を変えて何度か繰り返す最中、会長は呟いた。

「な……、んっ、なんで」

「こんなかわいいの、誰にも見せたくねーから」

　会長は最後に私の下唇をやわく食み、そっと唇を離す。

　遠ざかる熱を追いかけるように、会長の視線を辿ると。

「なに。えろいキスもしとく？」

　私の頬に手を添え、ゆるりと笑って聞いた。

　頬に熱が集まって、夏に会長の家でされたキスを、体が思い出してしまう。

「し、しない、しないです」

「したい？　未来は積極的だなー」

「しない！　しないって、言ってる！」

　ぐいぐい近づいてくる会長の胸を、両手で押して抵抗していると。

「透くん！」

　唐突に声が聞こえて、私はびくっと体を揺らした。

　動きを止めた会長は、私のほうを向いたまま、瞳だけを動かす。

　見ると３メートルほど向こうに、黒いロングヘアーの女の人が立っていた。

　大学生くらいだろうか。

　意思の強そうなきりりとした瞳の上で、まっすぐ切りそろえられた前髪。

　仕立てのよさそうなワンピースからのびる細い脚、華奢なハイヒール。

　彼女の表情には、会長に向ける困惑と、私に向ける敵意が混ざっていた。

　ひと目見て、この人は違うってわかった。

　この人は会長のファンとか、そういうんじゃない。

「探したわよ、透くん」

　彼女が言うと、会長はそれを無視して私を見た。

「会長、あの、呼ばれてます」

「うん。もう1回キスしてから、話しにいってもいい?」

　子どもみたいにそんなことを聞くので、

「だめです」

　叱るように、会長の胸を軽く押した。

　さっきよりずっと弱い力で押したのに、会長はすんなりと私から離れる。

　私がだめって言わなくたって、離れると決めてたみたいだ。

「こんなとこまで来ないでくださいよ、友梨子さん」

　立ち上がった会長は、うんざりした顔で彼女に言った。

　やっぱり、ファンの人とかじゃない。

　会長のふるまいでそう確信して、私はそっと目を伏せる。

　あいかわらず、意気地なし。

　この先のことを想像して、私は傷つく準備をしている。

　友梨子さんと呼ばれた女性は眉をひそめ、髪を耳にかけて言った。

「婚約者に対して、ひどいこと言うのね」

　会長は否定もせず、ため息をひとつつく。

　私はそんな会長の顔を見ない。

　ぜんぜん、予想どおり。

　目を伏せたまま、自分に言い聞かせる。

　傷つく準備をしたのは正解だった。

　だけど心は悲鳴を上げるように、悲しい音をたてていた。

会長は、特別です

会長の婚約者

「未来、教室ひとりで戻れる?」

　その言葉に私が頷くと、会長は私をその場に置き去りにして、彼女と一緒に去っていった。

　それが文化祭の最後の思い出。

　そのあとのことは、あんまりよく覚えていない。

* * *

「……で、会長からの説明は?」

　きょうちゃんが険しい顔で、身を乗り出すように尋ねる。

　文化祭後のクラス打ち上げは、学校付近のファミレスで行われていた。

　すぐ隣の席から、森川たち男子の笑い声が聞こえる。

　私はストローでソーダをかき回しながら、首を横にふった。

「なにも……」

「なにもって……。ていうか婚約者って、そんな少女漫画展開、ありえる?　その女の人が勝手に言ってるだけじゃないの?」

　確かに現実味のない展開かもしれない。

　でも。

「会長は……、否定しなかったよ」

　言葉にすると、胸がはりさけそうだ。

「否定しないってことは、きっと本当なんだよ」

　笑って言う自分の声が、やけに遠くに聞こえる。

　それより近くで聞こえてきたのは、いつかの流奈さんの声だった。

『自分で決めるのは高校までって。約束してるんだって、お父様と』

　あれは、夏休みのファミレスだったな。

　だけど、流奈さんに言われなくたって本当は、心のどこかで気づいてた気がする。

　だってそれより前から、兆しはあった。

　雨の帰り道、初めてのキスの前。

『……会長はもう大学とか、決めてるんですか?』

　会長が差してくれる傘の中で、そう聞いた時の。

『とっくに決まってるよ』

　遠くを見るように、静かにほほ笑んでいた横顔。

　そばにいればいるほど、思い出してしまう。

　あれはきっと、あきらめの笑顔だった。

　決まっているのは、たぶん大学だけじゃなかった。

　そのもっと先の、就職先や、結婚相手。

　彼を取りまくすべてのこと。

　きっとすべて決まってる。

　会長のあの横顔を見た日から、そのことに心のどこかで、気づいていた。

　だからずっと、好きだって、言っちゃいけないと思って

た。

「桜田未来さん」

　クラスのみんなとファミレスから出たところで、聞き慣れない声に名前を呼ばれた。

　見なくたって、それが誰だかすぐにわかった。

　ファミレスの外壁にもたれて私を見るのは、やっぱりあの、きれいな黒髪の。

　友梨子さん、と会長が呼んだ、会長の婚約者だった。

「少し、お話できるかしら」

　上品にメイクされた顔が、小首をかしげて聞く。

　会長は一緒じゃないみたいだ。

「未来、大丈夫？　一緒にいようか」

　私と彼女を交互に見つめるきょうちゃんに、首を横にふる。

「大丈夫。先に帰ってて？」

　ほほ笑んで言って、私は彼女のほうへ歩み寄った。

　心の中で呟く。

　ねえ会長。

　私たち、ここまでなのかな。

「待ち伏せみたいなことしてごめんなさいね」

　入りなおしたファミレスの席で、彼女は苦笑いをして言った。

　カップを持つ運ぶ指先に施された、きれいなネイルをぼ

んやり眺めながら、いえ、と呟く。
「外山友梨子といいます」
「あ、えと……桜田未来です」
　ぺこりと頭を下げるけど、それ以上になにを言えばいいの
かわからない。
　重たい沈黙に耐えかねて、
「えっと、友梨子さんは大学に通われてるんですか？」
　当たり障りのないことを聞くと、友梨子さんは頷いてか
らしばらく黙り、わずかに目尻を下げて笑った。
「まどろっこしい自己紹介とかは、やめましょうか」
「は、い」
「教えてほしいことがあって、待ってたの。聞いていい？」
　初めの印象よりずいぶんやわらかい口調で、友梨子さん
は言った。
　私が頷くと、友梨子さんは静かに尋ねる。
「あなたが透くんと付き合いはじめたのって、いつ頃？」
　私は目を伏せて、いえ、と小さく答えた。
「私たちは、付き合ってませんよ」
「え……？」
「一緒にいることが増えたのは、今年の春からです。それ
までは、ほとんど関わりのない人でした」
「……時期が合わないな」
　ぼそっと呟く友梨子さんの、言葉の意味がわからない。
　時期って、なんだろう。
　それからなにも言わない友梨子さんに、小さな声で聞く。

「あの……、会長の、婚約者って本当ですか」

「……会長？　ああ、そうか透くん、生徒会とかやってるんだっけね」

　私は一度だけ頷いた。

　透くん、彼女がそう呼ぶことにさえ、嫉妬している自分を隠しながら。

「本当よ。もっと正しく言うと、許嫁ってやつね……」

「許嫁……」

　耳馴染みのない言葉を、確かめるように呟く。

　友梨子さんはカップに両手を添え、ゆっくりと話しはじめた。

「私の家と透くんの家……、家っていうより会社、ね。それがまあ、古い付き合いなのよ。私も透くんと同じように、幼い頃からすごく厳しく育てられてきた。親に決められた場所で、決められたとおり生きてきた。……あなたにはきっと、想像もつかないことでしょうね」

　突きはなすような、冷たい言葉。

　それとは裏腹に、友梨子さんはとてもおだやかな表情で私を見ている。

「私、一度も親に反抗したことがないの。大きすぎる家の子どもに生まれると、たいていそうなる。反抗心がなかったわけじゃないのよ。でも、反抗の芽は育つ前に摘まれる。周囲に大人が多すぎるのね。そうしてすぐにあきらめるようになる。次第に自分の意思を失くす……」

　淡々と話す、友梨子さんの声。

　女性にしては少しだけ低い、落ち着いたその声は、私の中にすんなりと落ちていく。

「でも、透くんは他の子と違ったわ。中学も高校も、自分で決めた。お父様には、『一番いいところに行きますよ』って宣言して」

　流奈さんもそう言ってたな、と思い出しながら頷く。

「透くんのお父様もそれで満足されていたわ。……親の期待に応えながら、制限された世界の中でも自分なりの自由を掴みとって、生きている彼がまぶしかった」

　友梨子さんの声は、私になにかを言い聞かせるようだ。

『３年生は、悔いのないように』

　何度も思い出した、会長の言葉が遠い。

　どれだけ近くにいても、彼は最初からずっと遠い。

「……でも透くんも、限界くらいはわかってる。高校を卒業したら、大きな家の子はみんな、決められた道を進む。意味、わかる？」

　私は唇を噛んで、ゆっくりと頷く。

　そこに自由は、ないってこと。

　その覚悟を、きっと会長は初めから持っていた。

「どうせならもう、はみ出しちゃえばいいのにって思うのに。それはしないのよね、透くん……。変にまじめなのね」

　ああ、ちゃんと好きなんだな。

　優しくほほ笑んで言う友梨子さんを見て、思った。

　会長のこと、ちゃんと好きなんだ。

　神崎透を、この人は好きなんだな。

290

そう思った。
「ごめんね、つまらない話を聞かせて」
　友梨子さんはそう言って、静かに席を立つ。
　友梨子さんに続いて店を出ると、私は立ち止まった。
　冷たい風が、私と友梨子さんの髪を揺らす。
　いつもそばにいてくれた、会長とのすべてのことを思い出しながら、正面に友梨子さんを見つめ。
　深く、頭を下げた。
　鼻の先が痛い。
　胸がじんじんする。
「……会長のこと、幸せにしてあげてください」
　きっと、ここまでなんだね、会長。

　ファミレスからの帰り道。
　スマホの検索ページを開いて、会長の名前を打つ。
　それだけで検索結果には、神崎グループの情報が大量にあがってきた。
　立派なホームページや、数多の関連ニュース。
　ページのひとつを開くと、グレーのスーツを着た会長と、黒いスーツを着た男性の写真が表示される。
『KANZAKIグループの現在と未来。社長×息子の対談インタビュー』
　ゆったりと椅子に座ってこちらを見ている会長は、知らない人みたいだ。
　髪は、もうすでに黒い。

　私の知らない会長が、こんなところにもいる。

　ずっと一緒にいたはずなのに。

　夜のひんやりとした空気は、私の体を芯から冷やすよう。

　もうすぐ12月。冬が来る。

　会長は、会長じゃなくなる。

　あと数か月で、高校生でもなくなる。

　私を置いていってしまう。

　それがなんだよ、それでいいじゃないか。

　平凡で平和な生活が戻ってくるじゃないか。

　私は残りの１年を使って、誰かとありきたりな恋をすればいい。

　そんなことできるはずもないとわかりながら、それでも自分に言い聞かせる。

　今泣いたら、取り返しがつかなくなりそうだから。

　それなのに、いつもの曲がり角。

「未来」

　いつもの場所で、会長が私を待っている。

「なんで……、」

　なんでいるの。

　泣いちゃだめなのに、なんでいるの。

「なんでってこっちの台詞」

　外灯に照らされた会長の顔が、困惑したように私を見つめて、

「電話出ろよ、心配するだろうが」

　私の頭に、ぽんと優しく手のひらを乗せた。

　何度、何度この手が私に触れただろう。

　この、温かな手が。

　言葉が、出ない。

　なにか話したら、きっと泣いてしまう。

　頭に乗せられた会長の手に、おそるおそる触れると、

「おい、なんか言えよ」

　会長は苦笑いして、文句をつけるように言う。

　そういう顔も、好きだよ。

　どれだけこまっても待ってくれる、そういうところも好き
だよ。

「……冷たい」

　呟く私に、ん？　と聞き返す顔。

　その顔も、好きだよ。

「冷たいです。……いつから待ってたんですか」

「さっき」

　ぶっきらぼうに答える会長の手を、きゅっと握る。

　……嘘つき。

　さっきでこんなに冷えないよ。

　この手を離したくない。

　強くそう思った瞬間、私は会長の手を引いて歩きだして
いた。

「未来？」

　後ろから戸惑ったように私を呼ぶ会長を、ぐんぐん引っ
張っていく。

　アパートの敷地に入って、階段を上る。

　部屋の鍵を開けると、黙って私についてきていた会長が、
もの言いたげに私を見た。

　優しい瞳が、私の心を覗き込んで聞いてる。

　どうしたんだよって、いつもみたいに待ってる。

　でも言ってあげない。

　絶対に教えてあげない。

「あったまっていってください」

　強く見つめ返して、私は会長を部屋の中に連れ込んだ。

　お母さんはまだ帰ってきていない。

　会長を自分の部屋に通して、インスタントのコーヒーを
淹れる。

　リビングの壁掛けの時計は、もうすでに22時を指して
いた。

　湯気のたつコーヒーカップを持って部屋に戻ると、ロー
テーブルの前に座っていた会長が私を見つめる。

「6畳です」

　カップをローテーブルに置く音が、静かな部屋にひびく。

「会長のマンションの、エレベーターくらいの広さですよ
ね？」

　ほほ笑んで言って、自分のカップを持とうとしたら、制
止するように手首を掴まれた。

　瞬き。

　時計の秒針の音。

　会長の手の冷たさが、肌から体の中に入ってくる。

「男をほいほい部屋に入れんな」

　咎めるような、静かな声。

「……ほいほいじゃ、ありませんよ」

　消え入りそうな声で言った瞬間、視界が揺れて反転し、カーペットの上に組み敷かれた。

　黒い会長の髪が、なめらかな頬に影を作っている。

　この角度で見ても、きれいなんだなあ。

　組み敷かれた状態のまま、ぼんやりそんなことを思った。

「襲われても逃げられないって、わかってんの？」

　私の手首にそっと口づけ、会長は私を見つめたまま聞く。

　声もなく頷けば、会長の香りが降るように近くなる。

　離さないでほしい。

　なんにも話してくれなくていいから、このまま一緒にいてほしい。

　目を閉じた時、私に覆いかぶさった会長の動きが止まった。

　どこにも触れないまま、息がかかるほどの近い距離で。

　ゆっくりまぶたを開けると、まっすぐな視線で見据えられて、息が止まる。

　ダークブラウンの瞳は、切なげに震えている。

「なんで抵抗しねーの？」

　おだやかな声で、ひどく優しく会長は聞いた。

　いつもあんなに身勝手なのに。

　こんな時だけ強引じゃない。

　本当はいつも、私のことばっかり考えてる。

　私の気持ちばっかり、いつも。

　目の前のこの人を、私のものにしたい。

　生まれて初めて、そんなことを思った。

　こんな小さな部屋じゃなくて、どこかへ逃げたい。

　遠くへ。

　会長を連れて。

　他の誰もいない場所。

　副会長も流奈さんも、きょうちゃんも森川もお母さんも、友梨子さんも、会長の家族さえもいない場所。

　明日の朝、迎えにきてくれなくていい。

　曲がり角で待ってくれる、明日の会長なんていらない。

　今、目の前にいる、会長が欲しいだけ。

　普通の明日なんて、いらないから。

「……なんで」

　掠れた声が、震えた喉からこぼれた。

「なんで……、抵抗しなきゃいけないの？」

　好きなのに。

　こんなに好きな人に触れられて、体はこんなに喜んでるのに。

　もっと欲しいって、思うのに。

　涙が頬を伝う。

　瞬きもしていないのに、両目から流れて頬を伝う。

　泣かないって、決めてたのに。

「おい未来どうし、」

「好きなの」

　こぼれてしまった。

　　ダークブラウンの瞳が、動揺したように見開かれる。

「会長が好きなの」

　　気持ちはもうずっと溢れているから。

　　こぼれるなんて、当然だった。

「好きに、なっちゃったの……」

　　涙が止まらない。

　　頬に触れている会長の手を、泣きながら両手で包む。

　　嘘でもいいから、なにか言ってよ。

　　婚約者なんて嘘だよって。

　　ちゃんとお前が好きだって。

　　このまま私のことも、あきらめちゃうの？

　　あなたが手離す自由の中に、私のことまで葬るの？

　　会長は私を見下ろしたまま、なにも言わない。

　　なにも言わないって、わかってた。

　　涙で視界がぼやけて、会長の顔が見えない。

「……もう、迎えにこないでください」

　　春にも同じことを言った。

　　会長は髪を黒くして、迎えにきてくれた。

　　でも、今はもう春じゃないから。

　　お別れはすぐそこだから。

「もう、来ちゃ……、だめです」

　　嗚咽をもらしながら言うと、頬に触れていた手がそっと
離れた。

　　香りが薄れて、会長が遠ざかっていくのがわかる。

　　部屋のドア、玄関のドアの、虚しく閉まる音を聞く。

　冬が来て、春になって、会長が私の前から消えたら。

　こんなに切なくて苦しい気持ちも、消えてなくなるの？

　遠ざかっていく背中を追いかけたい衝動を、ひとり泣きながらこらえる。

　会長の道を遮ることが、私にはできない。

さよなら、会長

　次の日の朝、いつもどおりの時間に家を出たけど、いつもの曲がり角に会長の姿はなかった。

「ねえ、最近ぜんぜん一緒にいないけど……」
「別れたの？　会長とあの子」
「そもそも付き合ってなかったんでしょ？」
「会長がゾッコンだったってのもガセだったんだ」
「そりゃそうでしょ」
「身分違いも甚だしいよ」

　教室の窓から見る12月の景色は、どこか色がなかった。
　冬ってこんな感じだったっけ。
　あれからもうずっと、生徒会室には行っていない。
　お昼は申し訳ないけれど、森川ときょうちゃんと一緒に食べさせてもらっている。
　登下校はひとりなので、時々、会長のファンクラブらしき人に声をかけられる。
　でも多少の嫌味を言われるくらいで、特に実害もない。
　あれから抜け殻みたいになった私は、私自身に興味がない。
「未来、会長となにがあったんだよ」
　森川もきょうちゃんも、時々こうして話を聞こうとして

くれるけど、そのたび私は首をふる。

「ごめん、まだ話せない」

　今言葉にしたら、きっとまた泣いてしまうから。

　本当は、なにがあったわけじゃない。

　いずれ来る日が、来たというだけ。

　身の程をわきまえたという、だけ。

「話せるようになったら話すから、聞いてね」

　心配そうな顔をしてくれるふたりに、笑顔を作って言った。

＊　＊　＊

　2学期最後の日。

　私は終業式をさぼって、裏庭のベンチに座っていた。

　庭を囲う木々は、葉を落として寒そうに震えている。

　会長、どんな挨拶してるんだろう。

　こりもせず考えてしまう自分に自嘲した時、ふわり、膝にブランケットがかけられた。

　驚いて見上げると、そこには。

「サボりなんて、よろしくないですなー？」

　腰に手をあてて、むっとしている流奈さんが立っていた。

「……流奈さん、」

　名前を呼ぶと、ふにゃり、強張っていた頬がゆるむ。

　生徒会室に行かなくなったから、流奈さんと話すのも、ずいぶん久しぶりだった。

「あの、終業式は……？」

「サボり！　べつに流奈なんて話すこともないし？」

　流奈さんは堂々と言って、短くため息をついた。

　とーるとなにがあったの？

　そう聞かれると思ったのに、流奈さんはなにも聞かず、私の隣に座ると。

　華奢な腕をのばして、私の肩をぎゅっと抱いてくれた。

「未来ちんがいないと、流奈が寂しい！」

　空を仰いだ流奈さんが、いつもと変わらない声で言ってくれるから。

　敵わないなあ、そう思って笑顔がこぼれた。

「会長、元気にしてますか？」

　勇気を出して聞くと、流奈さんはうん、と頷く。

「でもあんまり最近、学校来てないよ。家の都合だと思うけど。生徒会の仕事も、もうほとんどないしねー」

　いよいよ、そんな時期なんだ。

　会長も、流奈さんも副会長も、もうすぐ本当にいなくなっちゃう。

「……流奈さん、あのね」

「うん？」

「もっと早く、出会いたかったなあって思ってます」

　意味をはかりかねるように、小首をかしげて私を見つめる流奈さんに、にっこり笑って続ける。

「流奈さんたちと過ごした時間、楽しかったから」

　本当に、楽しかった。

「生徒会室でお昼食べて、笑ったり、くだらないことで言い争いしたり……」

　そして、好きになった。

「私が１年の時から一緒にいられれば、よかったのになあって」

　たとえ結末は同じでも、少しでも長くそばにいたかった。

「今さら、そんなことばっかり考えちゃいます」

　足元に、苦笑いを落とす。

　流奈さんは私の肩に回していた手の力を、ぎゅっと強めて静かに言った。

「とーるは聞いたって話さないやつだから、流奈も宗介もなにも聞かない。未来ちんにも、聞かないつもり。でも……、とーるは大切な幼馴染みだし、未来ちんは大切な友達だから……」

　流奈さんはそこで言葉を切り、こつん、私の頭に自分の頭を預けて聞いた。

「だから、最後にお節介していい？」

　最後。

　その言葉の意味を胸に抱いて、私はゆっくり頷く。

　流奈さんは私から体を離し、丸い瞳でまっすぐ私を見つめた。

「未来ちんがとーるを見つける前に、とーるは未来ちんを見つけてたよ」

「え……？」

「未来ちんが１年の時も、とーるは未来ちんを見てた」

　嘘。
　流奈さんの言葉に、思わずそう呟いた時。
『去年か』
　会長の声が蘇った。
「とーるは1年間悩んで、それでも未来ちんが欲しくて、未来ちんを呼び出したんだよ」
　そんなの、嘘だ。
　そんなに前から、会長が私のこと見てたなんて。
　嘘……？
　なんで？
『未来は校庭で半被着て、屋台出してたよな』
『え!?　なんで、知ってるんですか……!?』
『そりゃー生徒会長だから』
　言葉を思い出し、両手で顔を覆う。
　嘘はこっちだ。
　そう気づいた瞬間、こらえていた涙が溢れた。
　流奈さんの声は、私を慰めるように続ける。
「とーるは普通じゃないから。自分で選ぶものは、全部自分で守らなきゃいけないから。恋だって、簡単じゃない。それでもとーるは、未来ちんを選んだ。だから流奈もそーすけも、協力するって決めたの」
　思い出す、あの春の日。
『2年C組、桜田未来さん。会長から話がありますので、始業式後、生徒会室まで来てください』
　ステージで、副会長が言った。

『あなたのことは、よおーく知ってますよ？』

　この裏庭に逃げ込んだら、流奈さんにいともたやすく見つかって。

　連れていかれた生徒会室に、会長がいた。

　そこで私を、待ってた。

「とーるは、最初からずっと好きだったんだよ」

　流奈さんは、はっきりとそう言った。

一生に一度の【SIDE透】

　車窓から眺めるクリスマスの夜は、むやみやたらに輝いている。

『誕生日が25日だなんて、接待での話題にちょうどいいじゃないか』

　にこりともしない父にそう言われたのは、いくつの時だったか。

　隣のシートで、目を閉じている父の顔をぼんやりと見つめる。

　白髪交じりの黒髪と、歳のわりには若々しい肌。

「……真田、家まであと何分だ」

　目を閉じたまま、父は運転席に向かって聞いた。

「5分でございます」

「透、帰って着替えたら、10分後にロビーに集合だ。15分後には出る」

「はい」

「遅れるなよ。大切なパーティーだ」

「はい」

　プレゼントの貰えないクリスマス、おめでとうと言われない誕生日、そんなものにはもう十数年前に慣れた。

　輝く街を、寄り添って歩く恋人たちの姿が目につく。

　未来は、どうしているだろうか。

　母親の帰りは遅いみたいだった。

　ひとりで、いるんじゃいなだろうか。

　未来のことを考えだすと、いまだにきりがない。

　揺れる窓に頭を預けて、目を閉じる。

　文化祭の日の夜、組み敷いて見下ろした未来は、見たことのない目で俺を見ていた。

　あのまま俺のものにしたら、どうなっていただろう。

『会長が好きなの』

　震える声で、未来は言った。

『好きに、なっちゃったの……』

　瞳から大粒の涙をこぼして、後悔するように言った。

　その姿が、脳裏に焼きついて離れない。

　車がゆっくりとマンションの前で止まると、目を開けた。

「満様、透様、着きました」

　運転席から声をかけられ、車を降りる。

　父の後ろを歩くとふと、スーツの背中が立ち止まった。

　俺もつられて立ち止まり、視線を上げる。

　マンションのエントランス前、白い照明の下にぽつんと、小さな人影があった。

　それはまっすぐ歩いてきて、父の前で立ち止まる。

「なんだ？」

　父が驚いて言うが、俺も驚いて声が出なかった。

　……なんで、こんなところに。

　マフラーを首にぐるぐると巻き、鼻を真っ赤にして。

　俺と父親を、強いまなざしで見つめる未来がいた。

「透さんと同じ学校の、桜田未来と申します」

　未来は凛とした声で父にそう言って、俺に歩み寄ると、

「会長。お誕生日、おめでとうございます」

　小さな紙袋を差し出した。

　瞬きもしない、丸い瞳が俺を見つめる。

　なんでここにいる？

　なんで俺の誕生日なんて知ってる？

　混乱で、思考が鈍くなっていくのがわかる。

　なりふり構わずこの場で抱きしめたら、どうなるだろう。

　そんなことを考えながら、黙って紙袋を受け取る。

　触れた手の、凍るような冷たさにはっとした時。

　未来は勢いよく父に頭を下げたかと思えば、そのまま俺の手を握った。

　強く引っぱり、制止も及ばないスピードで駆けていく。

「未来……っ？」

　思わず名前を呼ぶと、未来は俺を振り返る。

　苦しそうにぎゅっと笑って、そのまま俺を連れ去った。

　どれくらい走ったかわからない。

　俺と未来は全力疾走のすえ、見知らぬ公園に辿り着いていた。

　よろよろとブランコのほうへ歩き、倒れ込むように座る。

　いきなり現れて、いきなり走りだして、この俺にスーツで全力疾走させるなんて……、

「お前はアホか!?」

思わず叫んだ。

未来は上半身を折り曲げ、荒い呼吸のまま俺を見る。

「私が、迎えにきちゃいました」

額に汗を浮かべ、花咲くような笑顔で言った。

俺はブランコの上で、へなへなと上半身を折る。

なんなんだよ、お前。

「勝手に好きとか言って、勝手に泣いて、挙句の果てには迎えにくんなとかほざいた女が……」

無遠慮に呟くと。

「勝手なのは、お互い様です」

少しは落ち着いたらしい未来が、小生意気に言った。

俯いたまま、あっそう、と笑う。

今顔を見たら、堰を切ったように気持ちが、雪崩れそうな気がした。

落ち着け、何度もそう自分に言い聞かせて、革靴の先を見つめる。

すると、頭上からふと、

「髪……、」

やわらかい声が降ってきた。

「根本、ちょっとだけ明るいですね」

どうしようもなく切ない。

そんな感情を知ったのは、未来と出会ってからだ。

髪に触れる未来の指先に、導かれるように顔を上げる。

「ちょっと、痩せた……」

今度はそっと、俺の頬に触れて未来は言った。

　瞳を細め、長いまつげを伏せて。

　俺の気持ちが雪崩れるのなんて、一瞬のことだ。

　この女の手にかかれば、いつも。

「手、冷てーよ……。いつからいたんだよ」

「さっき」

　俺を見つめたまま、未来は答える。

　今この瞬間の未来が、今までで一番好きだ、と思う。

「……似てませんね、お父さん」

　俺を見つめたまま、ぽつりと呟く未来に答える。

「血、つながってねーからな」

　頬に触れている未来の手に、そっと自分の手を重ねた。

　俺を待ちぼうけて凍えた手を、温めるように。

「親はどっちも、純日本人。こんな髪色のガキが生まれて
くるわけねーだろ？」

　笑みをこぼして、俺は言う。

「母親の不倫相手の子なんだよ、俺。本当の親父は、イギ
リス人」

「……うん」

「ガキの頃から嫌でしょうがなかったよ。母親の不貞の象
徴みたいに、むやみにキラキラした髪が」

　この髪のせいで、心ない言葉も受けた。

　どこに行っても、なにをしても目立った。

　母親は、自分の過ちを具現化した俺と向き合うこともせ
ず、俺が中学に上がる前に家を出た。

「ずっと、自分が生まれてきたことさえ、誰からも許され

てない気がしてた。……でも、未来が」

　そう、呟いて言葉を切る。

　腕をあげて、未来の長い髪に触れる。

　黒とは遠い、つややかな栗色の髪。

「未来の髪も、父親譲りだったな」

　未来は小さく頷いて、おだやかな声で話しはじめる。

「父が、フランス人とのハーフです。顔はね、お母さんそっくりなんですけど……。髪だけ、父譲りです」

　こまったように笑う未来の、やわらかい髪をきゅっと握る。

「きれいな髪だ」

「前にもそう、言ってくれました……。嬉しかった」

　抱きしめたいと、強く思う。

「父は……、お母さんのこと、美人だからって好きになって、飽きたからって捨てた人です。それをそのまま、娘の前でも言ってしまうような人でした」

「うん」

「許せない。……許せないのに。大切にしてた。父からもらった、唯一のものだから」

　知ってるよ。

　お前のそういう、頑なにきれいなところを知ってる。

　そういうところに、惚れたんだ。

　深く頷いてほほ笑んだ俺を、未来はまっすぐ見つめ。

「会長のことが、好きです」

　ぎゅっと抱きしめるような笑顔で、言った。

　ブランコに座ったまま、未来の腰に腕を回して抱き寄せる。

　立ったままの未来の腹に、顔を埋めた。

「……なんで誕生日なんか、知ってんだよ」

「流奈さんが教えてくれました。びっくりした？」

「びっくりした」

　素直に言うと、未来はくすくすと笑う。

「笑ってんじゃねー」

「すみません」

「嘘だよ、笑え」

「ふふ」

　かわいい声で笑うんじゃねー。

　抱き寄せたまま苦笑いをこぼして、俺は言った。

「お前のことだけは、あきらめない」

　誰かにこんなことを言う日が来るなんて。

「俺は、誰にもなにも望まない。自由な将来が欲しいとも思わない」

　でも。

「でも、お前のことだけは、あきらめられないんだ」

　誰かを愛することは、情けないことだと知った。

「なんだってしてやる。いくらでも守ってやる。だから、迎えに来るななんて、言うな」

　未来の腰を抱いたまま言うと、頭をぎゅっと抱えられた。

　それは泣きたくなるほどの、温もりだった。

「ごめんね、会長」

　耳元で聞こえる声が、か細く震えている。

　抱きしめる力をゆるめると、未来はゆっくり、俺の前に
しゃがみ込んだ。

　俺を見あげる小さな顔の前に、白い雪がちらつく。

　今年初めての、雪だ。

「……奪いてーな」

　考えるより前に、こぼれていた。

　未来の大きな瞳が、涙の膜で覆われて揺れる。

　流れる前に掬ってやりたくて、頬に手を添えた。

「お前を遠くまで、奪いたい」

　もしそうできるなら、明日も将来も、なにもいらないと
思った。

　溢れた未来の涙が、俺の右手を濡らす。

「でも、そうもいかねーから」

　頬を拭って、祈るように囁く。

「待ってろ」

　言うと、未来はぎゅっと目を閉じ、こくこくと頷いた。

　うう、ともれる未来の嗚咽に、思わず笑う。

　手離すつもりなんて、あるわけねーだろ。

　こんなに好きなのに。

　どうやって手離せって言うんだ。

「……実子として育ててくれた父親には、感謝してるんだ。
愛情なんてもらえなくても、十分なんだ」

　笑っているのに、まだ少し声が震える。

「だから俺は、親父の期待だけは裏切らないように生きて

きた。これからもそうして生きていく」

　未来の頬を、今度は両手で覆う。

　手があまるほど小さな顔が、涙でびしょびしょだ。

「だから、納得させて迎えにいく」

　それまではまだ、好きだとは言わない。

　その代わり。

「お前は俺の、一生に一度の女だよ」

　まっすぐ見つめて、囁いた。

　ゆっくり頷く未来に、ほほ笑んでそっと口づける。

　白い雪が、未来の頭や俺の手に少しずつ降り積もっていく。

「生まれてきてくれて、ありがとう」

　未来はそう言って、俺の首に白いマフラーを掛けた。

一生に一度の

『王子さまの誕生日は、クリスマスなんだよ』

　終業式の日の裏庭で、流奈さんにそう教えられた時。

　一生分の勇気を使おうって決めた。

　一生分の勇気を使って、会いにいった。

　夜の公園で私を抱きしめた会長の、震えた声を覚えてる。

　私の涙を拭った、今までで一番優しい顔。

　会長が18歳になった日の夜、そのかけがえのない一瞬が、あまりに愛しくて。

　あまりに愛しくて————、

「会長に、また好きって言われてない」

　大切なことを忘れていた。

「え……」

　きょうちゃんと森川が、顔を歪めて私を見る。

　初詣の列に並びながら、ふたりに会長とのことを話し終わる頃、ようやく気づいた。

「好きって言ったら死ぬ病気……？」

「いやいやいや……」

　ふたりに手をふられる。

「「たぶんわざと」」

　声をそろえて言われて、私は前のめりに聞く。

「どんなわざと!?」

「じらしたいんじゃない？」

「じらしたいんだな」

「もう十分すぎるほどじらされてるよ私‼」

　そもそも待つっていつまでだろう。

　待って待って待ち続けて、忘れられちゃったらどうしよう。

　会長のお父さん、写真で見るよりこわそうな人だったし。

　目の前で無礼なことしちゃったし。

　私なんて、一生認めてもらえないんじゃ……。

　考えがめぐりめぐって頭を抱えていると。

「……でも会長は、１年も前から未来を見てたんだろ？」

　森川に聞かれて、小さく頷いた。

　詳しいことはわからないけど、流奈さんが嘘をつくなんて思えない。

「今度は未来が、見守ってあげなよ」

　きょうちゃんに励ますように言われて、

「そうだよね」

　今度は大きく頷く。

「そういえばプレゼントってなにあげたの？」

「えっとね、マフラー……」

　答えた時、人ごみの中を、着物姿の流奈さんが歩いていくのが見えた。

　私に気づかない流奈さんは、にこにこ笑って誰かに話しかける。

　その笑顔の先には、袴を着た副会長がいた。

『……想い合ってればいつか必ず、気づく日が来る』

　いつか、電話越しに会長が言った言葉を思い出しながら、手をつないで幸せそうに笑い合うふたりの姿を眺める。

　……待とう。

　何年でも何十年でも、会長が迎えにきてくれるまで。

　それでも待ちきれなくなったらまた、私から迎えにいけばいい。

　うん、そうしよう。

＊　＊　＊

　冬休みが明けると、卒業式まではあっというまだった。

　薄桃色の花で飾りつけされた校内は、朝からずっと、泣いたり笑ったりする３年生の声で溢れていた。

　体育館にひびく先生の声に前を向くと、静かなピアノのメロディーが流れて、卒業式がはじまる。

　遅れて入った始業式で、いきなり副会長にステージから名前を呼ばれたことを、遠い昔のことのように思い出す。

『俺の女になれ』

　会長に突然そう言われた時は、なんの脅しかと思ったな。

　くすり、笑うと寂しさが込み上げてくる。

　長くて短い、会長との１年。

　平凡なんかとは、ほど遠い毎日だった。

　涙をこらえて見上げたステージには、あの春のように彼がいる。

　すすり泣く声に包まれながら会長は、静かな声でゆっく

りと答辞を読んでいる。

　……寂しいよ、会長。

　ずっと待つけど、寂しい。

　自分の卒業式でもないのに、泣いてしまうなんて思わなかった。

「……この素晴らしい思い出たちを糧に、それぞれの道を、力強く踏みしめていくことを誓います。卒業生代表、神崎透」

　涙のひとつも見せないで、呆れるくらいいつもどおりの会長は、講演台の前で一礼しようとして。

　ぴたりと、動きを止めた。

　しん、と体育館が静まり返る。

　全校生徒に見守られる中、会長は再びマイクに顔を寄せる。

「最後にお知らせだ」

　ざわつく体育館なんて気にも留めず、不敵な笑みを浮かべて。

「2年C組、桜田未来」

　ぼろぼろ泣いている私の名前を呼んだ。

　また新しい涙がぼろり、とこぼれる。

　会長は、私をステージ上からまっすぐ見つめて言う。

「2年C組桜田未来、卒業式後に、生徒会室まで来い」

　わあっと、騒がしくなる体育館。

「俺が、お呼びだ」

　卒業式に、全校生徒の前でこんなこと言うなんて。

　最後の最後まで、普通じゃない。

　最後の最後まで、一番目立つ。

　そんな神崎透が、世界で一番好きだ。

　泣きながら頷くと、体育館は悲鳴の入り混じる歓声で満たされた。

　校舎1階、長い廊下の突き当たり。

　重厚な木製の扉に、真鍮のドアノブ。

　【生徒会室】の大きなプレート。

　初めてこの扉の前に立った日のことを思い出す。

　あの日が、すべてのはじまりだった。

　ドアノブを握れば、ギィと、何度も聞いた軋<ruby>み<rt>きし</rt></ruby>をたてて扉が開いた。

　ワインレッドのやわらかな絨毯。

　壁面にはずらりと書棚が並ぶ、異質な空間。

　生徒会室。

　さながら、王家の一室みたいな部屋。

　正面奥の会長席には、ゆったりと足を組んで椅子に座る、愛しい人の姿。

　窓から差し込んだ陽の光が、あの日と同じように彼の輪郭を縁取っていた。

　この景色を、一生忘れたくないと思う。

　会長がここにいたことを。

「……桜田未来」

　かしこまったような声に、名前を呼ばれて少し笑う。

　生徒会室をゆっくり歩き、会長席の前で立ち止まると。

　優しく瞳を細め、会長は私を見つめて言った。

「……君の情報は、ほとんどそろっている」

　あの日と同じ台詞だと、気づいて目を丸くする私に、会長はくすくすと笑いながら続ける。

「情報なんて、そろってるわけない。1年間見続けて、嫌でもわかるようになっただけだ」

　肘掛けに乗せた手で、額を支えて少し俯いた。

　そしてゆっくり話しはじめる。

「2年の春の入学式のあと、生徒指導室に入ろうとしたら、中から生徒と教師の揉める声が聞こえてきた。どうせ新入生が、ピアスだか髪色だかで反抗してるんだろって、たいして気にもせずドアを開けようとした。その時、部屋の中からひとりの女の声が、やけにはっきり聞こえて」

　会長はそこで言葉を切り、射るような瞳で私を見た。

「その声は言った。『親から授かった大切なもの、人と違うからって捨てろって言うんですか。そんな権限が、あなたたち教師にあるっていうんですか』」

　……思い出した。

「黒染めなんかしない。親からもらった自分を、大切にしたいから」

　入学式のあと、髪色のせいで生徒指導室に呼び出されたこと。

「ドアの向こうでお前は、俺の欲しい言葉をくれた」

　会長の瞳が、あの日を見るように細くなる。

「俺がずっと、言えなかったことだった」

　鮮明に思い出した。

　怒ってそのまま生徒指導室から出た時、ぶつかりそうになった、鮮やかなプラチナブロンドの髪。

　驚いたように私を見下ろした、きれいな色の瞳。

　怒りにまかせて頭も下げず、私はそのまま走り去った。

　……会長と、出会ってた。

　あの日、出会ってたんだ。

「好きだよ」

　少し目を伏せて、会長が囁く。

「あの時からずっと好きだよ、お前のことが」

　温かな涙が、ぽろぽろと両目からこぼれる。

　まだ信じられない。

　でも、信じられなくたって本当なんだ。

　あの日からずっと、見ててくれたなんて。

「どうだ、俺の愛の深さに驚いたか」

　あいかわらず偉そうに言う会長に、本当は笑いたいのに。

　ただ泣いて、なにも言えずにいると。

「なんか言え」

　こまったように笑う愛しい人。

　私は涙を拭いて、彼に向かってまっすぐ言った。

「好きです」

　珍しく照れたように頷く会長に、もう一度はっきりと伝える。

「会長が好き」

「お、おう……」

　抱きしめたり、キスしたり、散々好き勝手したくせに。

　今さら照れるなんて、変。

　でもそういうところも。

「好き」

「なんだこのボーナス」

「勝手なとこも甘党なとこも、俺様なとこも自己中なとこも、好き」

「喜んでいいのかそれ」

「……好きすぎて、どうしたらいいのか」

　ああ、頭のネジがいくつも飛んでる。

　心がそのまま言葉になってる。

　でも嬉しくて。

　我慢せずに気持ちを言えることが、ただ嬉しくて。

「……ん」

　わずかに頬を赤らめた会長が、両手をのばして私を呼んだ。

「未来、おいで」

　テーブルに飛び乗って、その向こうの会長の胸に飛び込む。

　会長はバランスをくずしながらも、私の体を受け止めてくれた。

　ひょいと抱き上げられ、すとんと膝に乗せられる。

　ぎゅうと抱きつくと、会長はやわらかく抱きしめかえして、

「俺の女になれ」

　私の耳元でそう囁いた。

　驚いて、会長の顔を見上げる。

「もう、いいの？」

「いいから呼んだ」

「本当に、大丈夫なの？」

　少しのあいだ止まっていた涙が、じわじわとまた戻って
くる。

「私、もっと、もっと先だって……」

「アホか。俺を誰だと思ってんだ」

「お父さんは？」

「これまで１年間かけて説き伏せてきた。準備が整い次第、
あらためて紹介させて」

「……友梨子さんは？」

「納得してくれたよ。……友梨子さんと話したんだって
な？」

「一度だけ……」

「友梨子さんが、未来によろしくって」

「…………っ、」

「お前もう、有名人だな」

　会長は笑いながら言って、私の髪を耳に掛けると。

　こつんと額を合わせ、そのまま唇を甘く重ねる。

　真っ赤になる私を見て笑う会長の頬は、また少しシャー
プになっていた。

　通った鼻筋と、鋭い瞳が、以前より目立つ。

「なんか……、また大人っぽくなった」

「禁欲してたからかな」

「それ以上かっこよくなったら、こまります」

　思わず正直に言ってしまう。

「あーそうどうも」

　そっけなく答える会長まで、なぜか真っ赤になっている。

　目を合わせてくすくすと笑い合い、私たちはもう一度唇を重ねた。

　ゆっくり離した唇を、会長は私のうなじに寄せる。

　熱い感触に体が震えて、ぎゅっと会長の頭を抱きしめた。

「未来」

「……はい」

「このまま襲おうか迷ってるんだけど……」

　どこかで聞いたことのある台詞が、耳元で囁かれる。

「宗介、流奈、そろそろ出てこい」

　ため息とともに会長が言うので、会長の膝に乗ったままバッと振り返ると、生徒会室の扉が勢いよく開いて、副会長と流奈さんがなだれ込んできた。

「またばれたか……」

　残念そうに肩をすくめる副会長。

　じつはけっこう、いじわるな人だと思う。

「襲っちゃってもよかったんだよー？」

　悪びれず、にっこり笑う流奈さん。

　強くて可憐で、誰よりも優しい。

　私ははずかしさと嬉しさで、自分がどんな顔をしている

かもわからない。

「頑張れよ、透」

「泣かせたら承知しないから」

　ふたりの言葉に、会長ははいはいと答え、いつもみたいに私の頭に手を乗せた。

　奇跡みたいな温もりに、じわりと涙がにじむ。

「私、頑張ります。会長のそばにずっと、いられるような人間になります」

「お前はお前のままでいい」

　会長は言って、強いまなざしで私を見つめた。

「お前のまま、一生そばにいろ」

　平凡でもありきたりでもない。

　どこまでもかけがえのない、これは一生に一度の恋だ。

「はい、会長」

☆
☆
☆
☆

番外編

　冬の寒さもかすかになった、春休みのある1日。

　ショーウィンドウの片隅を覗き込んで、ちょんちょん、と前髪を整える。

　ハンドバッグを両手で持ちなおし、待ち合わせ場所でそわそわと待つこと数分。

「あ！　未来ちんはっけーん！」

　大好きな声が聞こえたので、ぱっと顔をあげた。

「流奈さん！　副会長！」

　遠くからこっちに歩いてくるふたりに、ぶんぶん手をふりながら私も歩み寄る。

「流奈さん……っ!?」

　副会長と並んで立ち止まった流奈さんの姿に、私は目を丸くした。

「やあやあ、卒業式ぶりだね！」

「待たせたな、桜田」

「待ってないです全然！　そんなことより流奈さん！」

　ちょっと泣きだしたいような気持ちでもう一度言うと、桜色のトレンチコートを着た流奈さんは、にっこり笑って小首をかしげる。

「……似合ってないかな？」

「超似合ってます！」

「わーい、ありがとー！」

　私にぎゅっと抱きついた、小柄な流奈さんの頭。

　そこには、彼女のトレンドマークのツインテールがなかった。

　まっすぐ切り揃えた前髪はそのままに、長い髪は、顎の
ラインまでのボブになっている。

「思いきりましたね……!?」

「うん、高校と一緒にツインテールも卒業ー！」

「な、なるほど……？」

　副会長と目があうと、黒いコートを羽織った副会長は苦
笑いして私に聞いた。

「子どもに逆戻りしてないか？」

「そんなことないです！　すごく大人っぽいです！」

「だそうだぞ。よかったな、流奈」

　さらさらの黒髪に銀縁眼鏡の副会長は、卒業式以来、な
にも変わっていない。

　だけど流奈さんを見つめる瞳が、以前見た時よりずいぶ
ん、おだやかで優しい。

「そーすけに心配されなくたって、未来ちんがそう言って
くれることはわかってましたー」

　私の胸の中の流奈さんの頬も、ほんのり色づいていて、
照れ隠しをしているんだとすぐにわかる。

　そんなふたりを見ていると、じんわり胸があたたかく
なって、目頭が熱くなった。

「どうした、桜田」

「あ、いえ、なんか……、ふたり、本当に恋人同士になっ
たんだなあ、と思って。嬉しくて」

「なんだ今さら」

　副会長は不思議そうな顔をしてすぐ、なにか思い当たっ

たように流奈さんをにらんだ。

「……流奈、もしかしてお前、桜田になにも話してないのか？」

「うん。だって今さらそーすけと付き合ってます、とか言うの、はずかしかったんだもん」

「はずかしいとかそういう問題じゃない！　ちゃんと話すべきことは話しておかないと、桜田がびっくりするだろうが……」

「なんで流奈ばっか？　そーすけが言ってくれてもよかったじゃん！」

「俺は透に報告した。桜田にはお前が話すべきだった」

「そんなん最初に言っといてよ！」

「まあまあ、ふたりとも！」

　街中でさっそく痴話喧嘩をはじめるふたりの間に入り、あせって両手をふる。

「なんとなくわかってたので！　大丈夫です！」

「え、そうなの？」

「お正月、ふたりで初もうで行ってましたよね？　ふたりが手をつないでるとこ、遠くから見かけて……」

　説明すると、副会長と流奈さんは顔を見合わせた。

「結構前に、ばれてたみたい」

「……そうみたいだな」

　苦笑いした副会長が、流奈さんの頭に手を置いて私を見た。

「桜田も、透とうまくいってよかったな」

　あらためて副会長に言われると、実感がわいてしまう。

「あ……、ありがとうございます」

「うわあ、未来ちん照れてる、照れてる」

「今さら照れることでもないだろう？」

　呆れたように副会長に言われて、私は火照った頬をうつむけた。

「照れますよ……、私が、あのめちゃくちゃな会長の彼女になったなんて。信じられないです。非現実的すぎます」

「なかなか言うな、桜田」

「まあ、とーるがめちゃくちゃなのは事実！　卒業式も派手だったしねえ……」

　流奈さんが思い返すように言うので、私もあの日のことを思い返して、さらに頬を赤らめる。

「……あの、流奈さん、副会長」

「うん？」

「私たちのこと、ずっと応援してくださって、ありがとうございました」

　きちんとお礼を言えていなかったから、卒業式ぶりに会う今日、伝えたいと思っていたのだ。

「とーるの片想いが実って、流奈も嬉しい。とーるが好きになったのが未来ちんで、ほんっとによかった！」

「手のかかる幼なじみだが、責任感はある男だから……。大変だと思うが、よろしく頼むよ」

　優しくほほ笑んでくれるふたりに、大きくうなずく。

「さーて、手土産買って、とーるんち行きますか！」

　流奈さんの声を合図に、3人で街中を歩きはじめた。

　春らしい、あたたかくてのどかなお天気だ。

「……そういえば桜田、透は元気にしてるのか?」

「そうそう、流奈たち卒業以来まだ会えてないんだよ」

　ふたりに聞かれて、私は青空を仰いだままにっこり笑う。

　さて、元気にされているんでしょうか、会長……。

「私も一度も……、会えてません……」

「えええええええええ!?」

「あのバカ……」

　もちろんメッセージは取り合っていたし、電話もしていた。

　だけど春休みもやっぱり、会長は大忙しのようなのだ。

　会長の進む大学は、会長の家から電車で通える距離なので、引っ越しなどはしない。

　つまりは入学準備とかじゃなくて。

「春は年末と同じくらい接待、忙しいからねえ……」

　流奈さんの言うとおりだ。

「悪いな、桜田。寂しかっただろう」

「もっと流奈たちと遊ぼーね?　誘うね?」

　気遣って言ってくれるふたりに、笑って頷く。

　卒業式から約2週間。

　会長を想って過ごす日々は、寂しいけれど寂しくない、不思議な心地で過ぎた。

　夜に電話をかけてくれる会長の声が、日に日に大人びていくのを感じた。

　当たり前のように毎日一緒に過ごした時間は、奇跡みたいなものだったんだなあと、何度も思い知った。

　会いたいなぁ。

　声を聞けばどうしようもなくそう思う、恋しさと一緒に生きているような毎日だった。

　でも今日、やっと会えるんだ……。

　夏に一度だけ来た、会長の家が所有しているという高層マンション。

　私たちは、会長がひとりで暮らす部屋のドアの前に立った。

　流奈さんが躊躇なくインターフォンを鳴らしたので、カチコチに緊張しながら待つ。

　ドアの向こうに、いるんだ。会長。

「忙しすぎてやつれてるんじゃーん？」

　流奈さんが意地悪な顔で、私たちを振り返って言ったとき。

「誰がやつれてるって？」

　ガチャ、と開いたドアの音とともに、会長の声が聞こえた。

　低いのに、すんと通る優しい声。

「あ、くそう、全然やつれてない！」

「久しぶりだな、透」

「おー。宗介、久しぶり。流奈は髪、どこ忘れてきた？」

　か……、会長の、生の声だ……。

　気持ち悪いことを思いながら、とっさにうつむく。

「切ったんじゃい！　似合うっしょ？」

「幼稚園児みたいだな。まあ入れよ」

　早く顔を見たくて、でも見たくない。

　見たら最後、切なさがあふれてしまう気がする。

　流奈さんと副会長は、慣れた様子で部屋の中に入ってしまった。

　ドアの前で固まったままでいると。

「……未来？」

　ひどく優しく名前を呼ばれて、おそるおそる顔をあげた。

　いつもの電話の第一声と、同じ声。

「会長、」

　呼び返すと同時に、頭をくしゃくしゃと撫でられた。

「よく来たな」

「は、い」

「元気にしてたか」

　愛おしそうに私を見下ろす、ダークブラウンの瞳を見つめて何度もうなずく。

「し、してました。すごく元気に、してた……」

「俺がいなくても？」

「……っ、そりゃ、はい、もちろん」

「未来のくせに、生意気」

　唇をゆるめてほほ笑まれて、ひとりしどろもどろしてしまう。

「お前も入れ」

「はい、お邪魔します」

「迷わなかったか？」

「流奈さんたちが案内してくれたので、全然です」

「あーそう」

　ドアを広げて部屋に通してくれる会長が、あまりにいつもどおりで、余計にドキドキしてしまう。

　私だけ、緊張してる。

　結局いつも、私だけなんだよなぁ……。

　ちょっと恨めしい気持ちで、パンプスを脱ごうとしたとき。

　閉められた玄関のドアに、とん、と背中が優しくぶつかった。

　1秒もたたないで、会長の香りがふわりと降ってくる。

　ドアに片腕をついた会長は、私を真下に見下ろし。

「……浮気は？」

　前髪と前髪の触れる距離から、確かめるように囁いた。

　澄んだ瞳に、長いまつ毛が儚く影を落としている。

　急にトーン、変えないでほしい……。

「するわけ、ないです」

　目をそらせないまま、高鳴る胸の音とともに答えた。

「ふーん」

　鼻歌のように言って余裕げに笑う、その綺麗な顔。

　わざと聞いたんだな、とわかって唇を噛む。

　あの会長が、私の浮気なんて心配するわけがない。

「えらい」

　耳元で甘く褒められて、肩がぴくりと震えた。

　まだどこも触れていないのに、どこもかしこも触れられているような気になるのは、降ってくる香りのせいかな。

　そろり、手を伸ばして会長の黒いニットの裾を掴もうとした時。

「……っ、」

　背後のドアに縫いつけられて、深いキスをされた。

　久しぶりに触れられる最初の場所が、まさか唇だと思わなくて目を閉じる。

　ぎゅっとなる胸が、痛いくらいドキドキする。

「とーるー、冷蔵庫借りてもいいー……」

　会長の向こう、廊下の先のリビングのほうから流奈さんの声が聞こえて、ひゃ、と会長の胸を押す。

　だけど会長は離れてくれないまま、後ろに向かってひらひらと手をふるだけ。

「お邪魔しましたあー」

　すぐに流奈さんの楽しそうな声が返ってきて、

「かい……っ、ん、」

　唇が離れたすきにあわてて呼ぶけど、またすぐに、今度は優しくふさがれた。

　泣きたいような気持ちで、会長の胸をぎゅっと握って、吐息を受け入れる。

　……会長だなあ。

　有無を言わさないところ、前触れもなくキスするところ、誰に見られたってぜんぜん、気にしないところ。

　好き勝手にかわいがられるようなキスが終わると、はあ、と悩ましい息がもれた。

　そんな私を、会長はやっぱり余裕たっぷりに愉快気に見下ろしているから、思わずじっとにらんでしまう。

「……流奈さんに、見られた」

　言葉にするとさらに羞恥心がこみあげて、もともと熱い頬がゆだるように熱くなる。

「もう何回も見られてるけど？」

「そういう問題じゃ、ないです」

「じゃーあとで、見られないとこでするか」

　会長はなんでもないことのようにあっさり言って、私の頭を撫でながら離れていく。

　廊下を歩いていく会長の背中を見ながら、ずるずる、ドアに背中を預けてうなだれた。

　会長は、卒業しても会長だ……。

　あいかわらず、綺麗で広い会長の家のリビング。

　買ってきたお菓子や飲み物をローテーブルに広げていくあいだじゅう、同じように手を動かしている流奈さんが、にやにや笑って私を見てくる。

　会長はというと、キッチンカウンターのほうで呑気に副会長と立ち話をしていた。

「……見なかったことにしてください」

　視線に耐えかねて言うと、流奈さんはにっこり笑って。

「やだ」

「…………、」

「久しぶりに見たなあ、とーるのあつーいキス」

「忘れてくださいっ！」

「忘れられなーいっ！」

「……う、……っ、る、流奈さんだって！　流奈さんだって、キ、キスくらい、副会長としますよね!?」

「人前ではせんよ」

　けろっと言われて、私はがくっと肩を落とした。

「ですよね……、本当にごめんなさい……」

「あっははは、未来ちんが謝んなくても！　てゆーか、きみたちがラブラブなのは、付き合う前から丸わかりだったから、今さら？」

「はい……」

　肩を落としたまま、おとなしくうなずく。

　どうして会長って見られても気にしないんだろう、ひとりで辱められてる気分だ。

「幼馴染みとしては、嬉しいけどね」

　流奈さんはグラスにジュースを注ぎながら、ぽつりと言った。

「……なにがですか？」

「とーるが未来ちんとラブラブしてるの見るの」

「う……、」

「ふふ。とーるはねえ、流奈がそーすけのこと好きなの、ちっちゃい時からずーっと知ってたんだよ。それでもそーすけには知らんぷりで、流奈の相談、聞いてくれたりしてた」

　会長が前に電話で、流奈さんと副会長について話してくれたことを思い出す。

　でも相談に乗ってたなんて、ひとつも言ってなかった。

「流奈がそーすけと気まずい時も、こっそり守ったりしてくれてた。何回慰めてもらったかわかんない。……流奈、意気地なしだから」

「そんな……、」

「中学の頃、流奈とそーすけがひどい喧嘩した時なんて、夜中に飛んできてくれたこともあったんだよ。自分だって家のこととか大変なのにね」

「……はい」

「生徒会の仕事もそうだけど……、人のことばっかり気にかけて応援してきたとーるだから。今、思う存分、未来ちんのこと好きでいられるんだなあって思ったら、嬉しくなっちゃうよ」

　もうツインテールがない流奈さんの横顔は、やっぱり私なんかよりずっと大人びている。

「とーるも、嬉しいんだと思う。やっと両手離しで、未来ちんのことぎゅってできるんだもん。……だから、ああいうのも多めに見てあげてね？」

　瞳をきゅっと細めて小首をかしげる流奈さんが、視界の中で潤んでいく。

「わ……、私も」

　立膝をゆっくり崩して、フローリングに座りこんだ。

「私もすごく……、すごく、嬉しいです」

「あはははは！　それ、とーるに言ってあげて？」

　はい、涙をこらえて頷いた時。

「こら、流奈。なに未来のこと泣かせてんだ」

　会長が、私と流奈さんのそばにしゃがみこんで言った。

「ちが……、」

「あーもう、ガールズトークに入ってこないでほしい！」

「なにがガールズトークだよ、幼稚園児のくせに」

「そーすけ！　とーるが流奈をいじめる！」

「いつものことだろ」

　副会長はため息をつきながら歩いてきて、流奈さんの頭に手を乗せる。

「じゃあ流奈、俺たちはそろそろ行くか」

「そだねー」

　流奈さんは言って、テーブルに広げたクッキーを1枚、ぱくっと食べて立ち上がる。

「……え？」

「透、邪魔したな」

「おー、邪魔された邪魔された」

「ひどーい、せっかく顔見にきてあげたのに！」

「お前らの顔は、もう一生分見た」

　いつもどおりのテンションで話しながら、流奈さんと副会長は帰り支度をはじめていく。

「か……、帰るんですか……!?」

　私は座りこんだまま、ショルダーバッグを持った流奈さんの腕をとっさに掴んだ。

　今日はみんなで遊ぶって言ってたのに！
「帰るよ、そりゃ。流奈たち、これからデートだから」
「嘘だ！」
「嘘って……、桜田、俺たちもデートくらいするぞ」
　そういう意味じゃない！
「副会長！　行かないでください！」
　私が叫ぶころ、副会長はすでに会長とリビングを出て
いっている。
「またお茶しようねー」
　くすっと笑って私に耳打ちした流奈さんも、小走りでリ
ビングを出ていく。
　その場に呆然と座りこんだままでいると、
「ごゆっくりー！」
　玄関のほうから流奈さんの元気な声が聞こえてすぐ、ガ
チャリ、ドアが閉まる音がひびいた。
　どうしよう、ふたりとも本当に帰っちゃった……。
　会長とふたりきりになるなんて、そんな。
　今日はそんなつもり、一切なく来てしまったから。
　心臓がものすごいスピードで鳴りだして、混乱する。
　どうしよう、どうしよう。
　静まりかえった部屋に、すたすた、廊下を歩いて戻って
くる会長の足音だけが聞こえて、ぎゅっと目を閉じる。
　自分の鼓動に、飲み込まれそうだ。
　会長の足音が私のそばでふっと消えて、ほんのわずかな
静寂のあと。

「みーく」

　からかうような声で呼ばれて、そっとまぶたを上げた。

　私の目の前にしゃがみこんで、私の顔を覗き込む会長と、甘く優しく視線が重なる。

　自然と涙が浮かんでしまう。

　たまらなくなって会長の胸を、ぽす、と叩いた。

「……ずるい」

「なにがずるい？」

　座りこんだ会長が、正座している私の頬をくすぐって笑う。

　大人びた顔立ちに不似合いな、無邪気なその笑顔に気持ちがあふれて、

「好き」

　呟いてすぐ、目の前の大きな胸に抱きついた。

　すぐにぎゅっと、きつく抱きしめ返される。

　会長の腕、胸の音、におい、すべてで抱きしめられて、涙がこぼれる。

「会いたかった？」

　頬に柔らかく口づけられながら聞かれたその声が、さっき玄関で話した時より何倍も、私を甘やかすようだから。

「会いたかった……」

　気持ちがちゃんと言葉になって、声になった。

「ん。ごめんな、我慢ばっかりさせて」

　少しゆるまっていた腕の力が、また強くなって息苦しいほど抱きしめられる。

「我慢、してないです」

「えらいえらい、我慢して」

「してないって言ってます……！」

　あいかわらず人の話を聞かない会長に、そう言い返すと。

「俺はめちゃくちゃ、我慢した」

　会長は苦しそうに言って、こつん、と私の額に額をぶつけた。

「会いたかったー……」

　ひとり言をこぼすように言う。

　会長は時々、唐突に素直になるから、こまる。

　恋しさが込みあげて、ぽろりと涙が出た。

「……どうした？」

　私の涙に話しかけるように、会長は囁く。

　額を合わせたまま首を振って、会長のさらりとした頬を両手で包む。

　視線だけで私を見あげる会長の唇に、そっと自分の唇を重ねた。

　触れるだけで離すと、ふ、と笑った会長にすぐ、ちゅ、と短いキスを返された。

「寂しかったな」

　背中をとんとん、優しく叩かれるから首を振ふる。

「俺の彼女は素直じゃねーなー」

「……会長？」

「ん？」

「会いたかった」

　もう一度言うと、「急に素直になんな」会長はまいったように言って、私の髪をそっと耳にかけた。

　そのまま首筋を指先で撫でられて、熱い瞳に囚われる。

　交わす視線だけで、会話をするような時間が愛しい。

「……会長っていうの、やめるか」

　私のうなじに触れたまま、会長が色っぽく低い声で言った。

「もう俺、会長じゃねーし」

「そ……、ですね」

　うなずきながら、やっぱり消えることはない寂しさが心を襲って、うつむく。

「みなさん、もう大学生ですもんね。……流奈さんも。ツインテールじゃなくなって、大人っぽくなってて、びっくりしました」

「あー。流奈のあれはべつに、大学とか関係ねーぞ」

「え？」

「ツインテール、ガキのころに宗介がしてやってたんだよ。それから願掛けみたいに、ずっと流奈はあの結び方してた。でも、もういらなくなったんだろ」

　会長は心底うれしそうに、どこか安心したように言う。

「べつに大学生になっても、あいつらは変わんねーから。遊んでやって」

　慰めるように言ってくれる、こういうところがどうしようもなく好きだ、と思う。

「……会長とも」

「ん?」

「会長とも、会いたいです。会長が大学生になっても。時々で、いいので。仕事の邪魔は、絶対にしないので……」

　勇気をふり絞って言うと、会長は一瞬、きょとんとした顔をしてから、にやり、綺麗な顔に弧を描いた。

「未来が透って呼べたらな?」

「え……」

「街中で会長とか呼ばれてもなー、はずかしいしなー」

「会長は絶対、はずかしがらないと思います」

　む、として言うと、会長はくすりと笑って。

　私の後ろ首をつかみ、今度は真剣な眼差しで私を貫いた。

「透。……呼んでみろよ」

　唇が触れそうな距離で、さっきと打って変わった低い声で囁く。

　胸が絞めつけられて、気づいたらうわごとみたいに、

「とおる」

　その名前を呼んでいた。

　会長は幸せそうに瞳を細め、そのひびきを閉じこめるようにまたキスをくれる。

　やわく唇を食まれて、そっと開くと熱い舌を差しこまれた。

　会長は次から次へとキスを降らせながら、正座の上に落としていた私の手を、掬いあげて握る。

　指先をからめる、その官能的な動きに肌が粟立って、もっと欲しくなる。

　なにもかも差し出してしまう、深いキスの合間で途切れ途切れ、何度も名前を呼んだ。

「……よくできました」

　会長のその囁きとともに、キスが終わる。

　息も絶え絶えに涙目で見つめると、からめていた指先がほどかれ、会長の大きな手で、私の手のひらが開かれた。

　異物感にふと、見る。

　開かれた手の中には、ひとつの鍵があった。

　ぱっと顔を上げて会長を見れば、

「未来」

　今日いちばん、真剣な声で名前を呼ばれた。

「……準備、できたから」

　会長は静かに言って、ぎゅっと、私に鍵を握りなおさせる。

「父に紹介させてほしい」

　その言葉が、会長にとってどれだけの意味を持つか、わかってゆっくり、深くうなずく。

「未来のお母さんにも、ちゃんと挨拶させて」

「は……、い」

「4月からは大学と仕事、両立することになる。こまめに遊びに連れていってやったり、いつもそばにいてやったり、そういうことが俺にはできない。寂しい思いをさせることも、まあ……、多いだろうな」

「そんなこと……、な、いです……、」

　ぶんぶん首を振りながら涙をこぼすと、会長はこまった

ように笑って、ありがとう、と言う。

　ありがとうは、こっちなのに。

「未来は、寂しくても我慢する女だから」

「会長だって……、そうだよ」

「ん。……でももう、我慢しない」

　鍵を握った手を、会長が包むようにぎゅっと握る。

「だから未来も、我慢すんな。寂しくなったらいつでも、会いにこればいい」

「……いつでも？」

「俺、家にいるかわかんねーけど」

　会長は苦笑いして。

「俺がいなくても、好きに来て、好きに帰ればいいから」

　そう言ってくれる。

　私はこくこく頷いて、鍵を片手に握ったまま、会長の首に両腕を伸ばしてぎゅっと抱きついた。

「時々、待っててもいいですか……？」

「毎日待っててもいいぞ」

「毎日は、無理ですよ……」

　すり、と会長の首筋に頬を寄せて呟く。

「でも本当は、毎日会いたいです」

　会長のくすくす笑う声とともに、体がふわりと浮いた。

　軽々と私を抱きあげた会長は、腕の中の私を見下ろして言う。

「毎日にしてやるよ」

「…………、」

「毎日、会えるようにしてやるから」

　どういう意味？　なんて、聞かなくてもわかる。

「とりあえず早く、卒業しろ」

　勝気に笑う会長の首に、ぎゅっと抱きついて答えた。

「はい、会長」

あとがき

afterword

　このたびは、『イケメン生徒会長の甘くて危険な溺愛』をお手に取ってくださり、本当にありがとうございます。作者の町野ゆきと申します。

　王道の学園ラブストーリーを、生徒会を舞台にして思いっきり書いてみたい！　と、なぜかある日突然思いたって、勢いよく書きはじめた本作。サイト掲載時、たくさんの読者さまに愛していただいた思い出深い作品でもあるので、書籍というかたちで再びお目にかかれて、とても嬉しいです。

　個性的なエリート生徒会メンバーと、目立つのが嫌いな下級生の女の子。そんな相性の悪い者同士が一緒に、恋に友情にわちゃわちゃ過ごす高校生活があれば、見てみたい。書いているだけでもワクワクするんじゃないかな？

　と、私自身が持った期待をそのままに、サイトでの執筆中もずっと楽しんでいたことを覚えています。書籍化のお話をいただき、改めてみんなの日常を覗いてみて……。やっぱり、ものすごく楽しかったです！

「こんな恋をしてみたい」「こんな高校生活を送りたい」と

いうご感想をたくさんいただいたのも、とても印象的でうれしくて、私自身、青春や恋についてあらためて考えるきっかけになりしました。

　お話の中で透も同じようなことを言っているのですが、高校生活は人生で一度きりの、かけがえのない３年間だと思っています。透みたいにキラキラ特別な男の子じゃなくても、未来みたいにルックスの可愛い女の子じゃなくても、誰にとっても一度きりのかけがえのない時間です。

　"特別"と見られがちな透と未来も、"幼なじみ"の宗介と流奈も、"友達"の森川ときょうちゃんも、限られた時間の中で、仲間と毎日を楽しみ、精一杯恋をしました。

　青春という時間を謳歌するのに、特別な条件なんてひとつもいらないんだと思います。誰かを大切に思う気持ち、なにかに一生懸命になる気持ち。それだけが青春の材料なのだと、このお話のみんなに教えてもらった気がします。

　最後まで読んでくださり、本当にありがとうございました。透、未来、宗介、流奈、森川、きょうちゃん、そして町野は、あなたの青春を心から応援しています！

2022年４月25日　町野ゆき

作・町野ゆき（まちの　ゆき）

すぐに甘いものを食べようとする。よく寝る。脳内でのみ、よく踊る。夏が苦手。秋に育ち、冬にめきめきやる気を出す。レイトショーを観にいくのが好き。将来の夢は動物博士。車の運転がうまい大人に憧れている、ペーパードライバー。『無気力系幼なじみと甘くて危険な恋愛実験』（スターツ出版刊）にて書籍化デビュー。現在は、ケータイ小説サイト「野いちご」を中心に執筆活動中。

絵・覡あおひ（かんなぎ　あおひ）

6月11日生まれのふたご座。栃木生まれ。猫と可愛い女の子のイラストを見たり描いたりするのが好き。少女イラストを中心に活動中。

ファンレターのあて先

〒104-0031

東京都中央区京橋1-3-1

八重洲口大栄ビル7F

スターツ出版（株）書籍編集部 気付

町野ゆき先生

KEITAI
SHOUSETSU
BUNKO
野いちご SINCE 2009

イケメン生徒会長の甘くて危険な溺愛
2022年4月25日　初版第1刷発行

著　者　町野ゆき
　　　　©Yuki Machino 2022

発行人　菊地修一

デザイン　カバー　しおざわりな（ムシカゴグラフィクス）
　　　　　フォーマット　黒門ビリー＆フラミンゴスタジオ

DTP　久保田祐子

発行所　スターツ出版株式会社
　　　　〒104-0031 東京都中央区京橋1-3-1　八重洲口大栄ビル7F
　　　　出版マーケティンググループ　TEL03-6202-0386
　　　　（ご注文等に関するお問い合わせ）
　　　　https://starts-pub.jp/
印刷所　共同印刷株式会社
Printed in Japan

乱丁・落丁などの不良品はお取替えいたします。上記出版マーケティンググループまで
お問い合わせください。
本書を無断で複写することは、著作権法により禁じられています。
定価はカバーに記載されています。

ISBN　978-4-8137-1255-8　C0193